Bettina Börgerding & Wenka von Mikulicz

Bibi & Tina
Wahrheit oder Pflicht

Bettina Börgerding & Wenka von Mikulicz

Bibi & Tina

Wahrheit oder Pflicht

Das Buch zur Serie

Teil II

cbj

Inhalt

Folge 6 – WAHRHEIT ODER PFLICHT

Supermond 15
Okay für diesen Tag 18
Die ganze Familie 20
Wahrheit oder Pflicht 22
Kennen Sie eine Elena?................ 26
Geheimnisse 33
Der schreckliche Spieler............... 36
Glaubst du an Zombies?............... 39
Versprochen 40
Wen hat Tina geküsst? 45
Willkommen auf Schloss Falkenstein 47

Folge 7 – STURM KOMMT AUF

Bibis Geheimnis 53
Haferschleim auch ohne Honig 56

Kommunikation mit den Bienen.......... 58
Die Wahrheit 64
Wake News 68
Wo ist Allegro?...................... 72

Folge 8 – ALLES IM EIMER

In letzter Sekunde................... 79
Der letzte Abend am Meer 81
Raus damit!.......................... 84
Was ist mit Alexander? 88
Das Fohlen kommt..................... 91
Alles im Eimer 96
Vom Wind verweht..................... 101

Folge 9 – FREUNDE SIND FAMILIE

Weil wir Brüder sind 107
Elena Montoya........................ 112
Da ist doch was faul 115
Weiter kam er nicht.................. 118
Die wahre Wahrheit................... 124
Wo ist Chico?........................ 128
Deine Freunde sind auch Familie...... 129
Bibi, mach was!...................... 132

Folge 10 – FESTIVAL FÜR FALKENSTEIN

Deine Hexerei ist nie von Dauer 137
Caramba! 140
Alex' Plan 143
Wenn man vom Teufel spricht. 144
Ein viel größeres Projekt als gedacht 146
Kommt Zeit, kommt Plan 148
Volle Pulle 153
In der Grube 158
Fiesta Falkensteina 161

Bei diesem Buch wurden die durch das verwendete Material und die Produktion entstandenen CO_2-Emissionen ausgeglichen, indem der cbj-Verlag ein Projekt zur Aufforstung in Brasilien unterstützt. Weitere Informationen zu dem Projekt unter: www.ClimatePartner.com/14044-1912-1001

FSC
www.fsc.org
MIX
Papier aus verantwortungsvollen Quellen
FSC® C014496

Wir produzieren Klimaneutral
ClimatePartner.com/14044-1912-1001
Druckprodukt

Verlagsgruppe Random House
FSC® N001967

1. Auflage 2020
Lizenzausgabe
2020 cbj Kinder- und Jugendbuchverlag
in der Verlagsgruppe Random House GmbH,
Neumarkter Str. 28, 81673 München

Redaktion: Jutta Dahn
Lizenz durch KIDDINX Media GmbH,
Lahnstraße 21, 12055 Berlin
www.bibiundtina.de
Umschlaggestaltung: Kathrin Schüler
Umschlag Artwork: KIDDINX Studios GmbH, Berlin

TP • Herstellung: AJ
Satz: KompetenzCenter, Mönchengladbach
Druck: GGP Media GmbH, Pößneck
ISBN 978-3-570-17740-2
Printed in Germany

www.cbj-verlag.de
Dieses Buch ist auch als E-Book erhältlich.

Folge 6

WAHRHEIT ODER PFLICHT

Supermond

Der Mond stand groß am Himmel über dem Martinshof und schien durch das Fenster in das Zimmer von Bibi und Tina. Kopf an Kopf lagen die beiden Mädchen in ihren Betten.

Während Tina unruhig träumte, starrte Bibi nachdenklich ins Mondlicht. Sie konnte nicht schlafen, zu viele Gedanken gingen ihr durch den Kopf. Nach der großen Versöhnung hatte sie mit Tina in ihrer Chill-Ecke gefeiert, doch dann war sie mit Chico zusammengeknallt. Chico war ein geheimnisvoller junger Spanier, der zurzeit auf dem Martinshof aushalf und angeblich vom Adelsgeschlecht de la Mancha abstammte. Bibi wusste nicht warum, aber manchmal regte Chico sie tierisch auf.

Er hatte sein Handy unter einem Kissenberg liegen lassen. Als es klingelte, war sie rangegangen, und eine Frauenstimme hatte auf Spanisch auf sie eingeredet. In diesem Augenblick war Chico auf sie zugelaufen und hatte ihr wütend das Handy aus der Hand gerissen. »Schon mal was von Privatsphäre gehört?!«, hatte er geschimpft und war ohne ein weiteres Wort gegangen. Bibis Gedanken kreisten immer noch um diesen Vorfall.

Plötzlich rief Tina, die sich eben noch unruhig neben ihr hin- und hergewälzt hatte, im Traum laut auf Spanisch: *»Para! Para siempre!«*, so wie sie gesungen hatte, als sie vom Pferd gefallen war und plötzlich nicht mehr auf Alex stand, sondern auf Chico.

Da wachte Tina aus ihrem Traum auf. Jetzt konnten sie beide nicht mehr schlafen.

»Boaaahhh, der Mond scheint schon krass, oder?!«, bemerkte Tina gähnend und blickte über die Bettkante zu Bibi, die gar nicht darauf reagierte.

»Was ist los?«, fragte Tina ihre Freundin.

Bibi antwortete leise: »Na ja, dass mich Chico gestern so angemotzt hat, nur weil ich zufällig ein bisschen an sein Handy gegangen bin! Wenn das seine Freundin war, dann kann er das ja einfach sagen!« Die besondere Beziehung zwischen Bibi und Chico war Tina schon längst aufgefallen.

»Vielleicht war das ja seine Mutter?«, fragte Tina aufmunternd. »Oder seine Schwester? Oder *eine* Freundin und nicht *die* Freundin?« Sie wollte Bibi auf andere Gedanken bringen.

Bibi schüttelte den Kopf. »Irgendwas stimmt da nicht! Ich hab mal 'n bisschen recherchiert …«

Tina war überrascht. »Du hast recherchiert, ob Chico eine Freundin hat?«

»Natürlich nicht!«, widersprach Bibi und schaute Tina an. »Aber das Adelsgeschlecht de la Mancha, das kommt nämlich nur einmal in einem Buch aus dem 16. Jahrhundert vor, in dem es um Don Quijote de la Mancha geht.«

Tina schaute Bibi mit großen Augen an – sie hatte noch nie was davon gehört.

»Der Typ, der gegen die Windmühlen gekämpft hat?«, gab Bibi ihr als Tipp, aber Tina schüttelte den Kopf. »Egal! Auf jeden Fall ist ›Chico‹ jetzt auch nicht krass der typische Adelsname.«

»Nee«, musste Tina zugeben.

»Der Typ ist ein einziges Mysterium«, seufzte Bibi.

Tina grinste. Sie versuchte es mit einem neuen Thema als Ablenkungsmanöver. »Hey, wir haben immer noch nicht beschlossen, was wir zum Supermond machen. Vielleicht irgendein Spiel mit den Ferienkindern?« Inzwischen waren tatsächlich neue Ferienkinder auf dem Martinshof angekommen: die beiden Mädchen Elli und Malaika sowie der kleine Finn. Und denen wollten sie ja etwas bieten.

Das brachte Bibi auf eine Idee. »Jaaaaa ... Eins, bei dem ich Chico mal so richtig auf den Zahn fühlen kann.«

Tina grinste. Wenn Bibi sich etwas in den Kopf gesetzt hatte, konnte sie nichts davon abbringen!

Okay für diesen Tag

Am nächsten Morgen war Alex schon in aller Frühe im Studio von Radio Flamingo, wo er zurzeit ein Praktikum machte.

»Rot siehst du den Mond aufgehen, steigt hervor aus Meerestiefen und ein Traum beginnt zu wandern, Fantasie beginnt zu fließen. Ja, der Supermond steht bevor!«, so lautete seine Ansage.

Seine Chefin Funky Fröhlich, die gerade die weiteren Sendungen des Tages vorbereitete, horchte erstaunt auf. Eine wirklich ungewöhnliche Wettervorhersage.

Auch Freddy, der gerade sein Maschinchen putzte und dabei in der Schmiede Radio hörte, wunderte sich. »Was geht denn bei dem wieder verkehrt?«

Doch Alex war voll in seinem Element und sprach nun weiter ins Mikro: »Auch in dieser Nacht scheint er wieder besonders nah, besonders groß und besonders hell, womit er uns alle um den Schlaf bringt. Wenigstens können wir dieses atemberaubende Naturereignis bei milden Temperaturen von 20 bis 22 Grad begutachten, nachdem die Sonne uns tagsüber wieder mit über 30 Grad behelligt. Aber das sind doch ideale Bedingungen, um wieder mal einen Spieleabend mit Freunden zu machen. So wie ich mit meinen.«

Diesmal grinste Freddy zustimmend. »Kein Spieleabend ohne Freddy.« Das würde er sich nicht entgehen lassen!

Doch Alex war noch lange nicht am Ende seiner Vorhersage. »Endloser Sommer, Freunde. Es ist Fluch und Segen zugleich ...«

Jetzt reichte es Funky Fröhlich. Sie betrat das Studio und gab ihm ein Zeichen, endlich aufzuhören!

Was Alex nun auch eilig tat: »Hier ist Radio Flamingo, werbefrei, wertfrei – einwandfrei! Und das war das Wetter.«

Paul startete die Musik und Funky wies Alex erbost zurecht: »Du hast wirklich eine poetische Ader, ja, sehr schön, aber seit wann sind Wettervorhersagen länger als Nachrichten?«

»Ich dachte, nachdem das mit den Sommerhits so gut läuft, kann man auch das Wetter mal ein bisschen kreativ gestalten!«, verteidigte sich Alex.

Funky musterte ihn streng. »Nicht vergessen: Du bist immer noch Praktikant, okaydiday?!«

»Okaydiday?« Alex stutzte.

»Okay für diesen Tag!«, antwortete Funky bedrohlich und verließ den Raum. Aber plötzlich kehrte sie mit einem breiten Lächeln auf dem Gesicht zurück.

»Ach, Alex! Hast du deinen Vater mal gefragt wegen des Interviews? Nein? Dabei wäre ein paar Pluspunkte sammeln jetzt gar nicht mal schlecht, oder?«

Geschäftig lief sie wieder zu ihrem Schreibtisch. Alex schaute ihr genervt hinterher. War wohl nichts mit kreativer Freiheit! Musste sie ihn so unter Druck setzen? Sein Vater hatte fürs Radio nun wirklich überhaupt nichts übrig. Auch wenn er bei seiner Morgengymnastik höchstwahrscheinlich Alex' Ansage und Einladung gehört hatte ...

Die ganze Familie

In der Scheune waren die Vorbereitungen für den Spieleabend in vollem Gange. Frau Martin und die Ferienkinder bauten ein Büfett auf. Holger richtete eine gemütliche Sitzecke ein. Ein ausrangiertes Plüschsofa stand an einem improvisierten Tisch, und er baute aus Strohballen weitere Sitzgelegenheiten. Billy the Kid, Holgers neues Pony, knabberte am Heu und Bibi und Tina hängten Lichterketten auf.

»Was ist, wenn Chico immer die Pflicht wählt?«, fragte Tina.

»Dann fällt mir schon was ein«, antwortete Bibi voller Zuversicht.

Da betrat Graf Falko mit energischem Schritt die Scheune, gefolgt von Alex.

»Entschuldige bitte die Verspätung, Susanne«, rief er laut. »Aber mein Herr Sohn und dieses unnütze Praktikum, mit dem er so viel Zeit verplempert ...«

Frau Martin verstand seine Aufregung nicht und sagte beschwichtigend: »Zwei Minuten Verspätung, Falko!«

»Fünf Minuten vor der Zeit ist des Kaisers Pünktlichkeit«, widersprach der Graf, für den jede Minute Verspätung ein persönlicher Angriff war.

»Ja, Vater, und die Zeit ist zum Glück längst vorbei«, grummelte Alex.

Tina begrüßte ihn mit einem Kuss. »Oh, gute Laune?«

»Na ja, mal ehrlich! Wahrheit oder Pflicht? Mit meinem Vater?«, gab Alex missmutig zurück.

Bibi sagte: »War nicht meine Idee ... also das mit deinem Vater.« Sie schaute bedeutsam zu Chico, der sich ein bisschen frisch gemacht hatte und nun auch in die Scheune marschierte. Er war es, der Graf Falko eingeladen hatte, ohne das mit ihnen vorher abzusprechen.

»Ich dachte, du freust dich«, verteidigte sich Chico gegenüber Alex. »En España spielt immer die ganze Familie zusammen.«

Alex lächelte schwach. »Die ganze Familie! Da ist

bei uns ja nicht viel zu holen. Als Einzelkind hat man es echt nicht leicht.«

Chico nickte. »Glaub mir. Ich weiß zu gut, was du meinst. Aber das kann sich ja vielleicht noch ändern.«

Alex schaute ihn stirnrunzelnd an, genau wie Bibi und Tina.

Zum Erstaunen aller tauchte in diesem Moment auch Freddy in der Scheune auf. »Hab im Radio gehört, dass ihr einen Spieleabend macht! Da bin ich natürlich auch dabei!« Mit einem schnellen Griff nahm er sich ein Stück Kuchen vom Büfett und biss genüsslich hinein: »Keine Party ohne Freddy!«

Wahrheit oder Pflicht

Alle hatten erwartungsvoll Platz genommen. Die Ferienkinder saßen auf dem ausrangierten Sofa und schauten aufgeregt zu Freddy, der ein Heulen ausstieß und dann mit gruseligem Unterton sagte: »Schon gehört? Hier soll's jetzt wieder Wölfe geben!« Eine Nachricht, die den Ferienkindern sichtlich Respekt einflößte.

Tina seufzte. »Oh, Freddy!« Warum musste er immer andere ärgern?

»Es geht nur um einen jungen Wolf auf der Durchreise, der von seinem Rudel verstoßen wurde«, stellte Frau Martin schnell klar. Kein Grund zur Panik also. Und damit war das Thema hoffentlich für alle erledigt.

Doch Graf Falko wollte auch noch unbedingt seinen Senf dazugeben. »Homo homini lupus est! Nicht das Tier – der Mensch ist dem Menschen ein Wolf!«

Alex verdrehte die Augen.

Freddy zuckte nur mit den Achseln. »Ich kann kein Französisch.« Ihn kümmerte nicht, dass Graf Falkos Spruch lateinisch war.

»Wölfe interessieren sich nicht für Menschen«, beruhigte Frau Martin die Ferienkinder.

»Und für so kleine Stinker wie euch sowieso nicht«, fügte Holger an. Er saß mit Billy the Kid neben ihnen.

Bibi blickte argwöhnisch zu Chico, der neben Graf Falko Platz genommen hatte, und fragte Tina leise: »Was hat Chico eben damit gemeint? Von wegen Einzelkind ... und dass sich das vielleicht ja noch ändern kann?«

Tina zuckte kurz mit den Schultern. Sie hatte keine Ahnung, worauf Chico anspielte. Aber vor allem wollte sie endlich mit dem Spiel beginnen.

Zum Glück machte Frau Martin dem Geplänkel ein Ende. »So, dann möge der ...« Suchend schaute sie sich um. Graf Falko erhob sich erwartungsvoll.

»... der Kleinste darf beginnen!«, vollendete Susanne Martin ihren Satz.

Etwas enttäuscht setzte der Graf sich wieder, während Finn begeistert zum Tisch ging. Schnell drehte er die Flasche, die mit Schwung kreiselte, langsamer wurde und schließlich, als sie zum Stillstand kam, direkt auf Chico zeigte.

Bibi sah Tina gespannt an. Ging ja schon mal gut los.

Finn fragte: »Wahrheit oder Pflicht?«

Chico zögerte kurz und antwortete dann: »Ich nehme Pflicht!«

»War ja klar«, sagte Bibi leise.

Finns Aufgabe für Chico lautete, eine Zitrone zu essen. »Na gut, wenn du das möchtest.«

Beherzt biss Chico hinein und verzog sein Gesicht. War die sauer! Alle lachten. Aber Pflicht war eben Pflicht.

Und so ging es fröhlich weiter. Freddy macht es einen Heidenspaß, pflichtgemäß lang und ausgiebig zu rülpsen. Frau Martin musste Graf Falko den Finger ins Ohr stecken. Malaika bemühte sich, ernst zu bleiben, obwohl alle die lustigsten Grimassen machten, um sie zum Lachen zu bringen. Und sie schaffte es tatsächlich, keine Miene zu verziehen, weswegen sie nun die Flasche drehen durfte.

Langsam wurde Graf Falko ungeduldig. Er wollte

auch unbedingt mal drankommen. Von wegen, die Flasche zeigte schließlich auf Holger.

»Wahrheit oder Pflicht?«, fragte Malaika.

»Wahrheit«, wählte Holger mit lässiger Geste. Offenbar hatte er nichts zu verbergen.

Malaika fragte: »Wo wärst du gerade am liebsten?«

Graf Falko verdrehte die Augen. »Och, das interessiert doch wirklich niemanden!«

»In Norwegen!«, antwortete Holger unbeirrt.

Tina stutzte: »Warum Norwegen?« Sie wusste ja nicht, dass Holger an Kim Win Win dachte, die geschäftstüchtige junge Frau, die es ihm so angetan hatte. Sie wollte eine bestimmte Pferdeweide vom Martinshof kaufen, um wertvollen Kies abzubauen. Sie hatte Holger bei einem Treffen in der Eisdiele erzählt, dass ihre Geschäfte sie demnächst nach Norwegen führten.

Tinas Bruder sah gar nicht ein, warum er Tina irgendetwas davon verraten sollte und verwies auf die Spielregeln: »Tina! Nur eine Frage.«

Doch Freddy schien was zu ahnen und fragte mit einem breiten Grinsen: »Wegen einer Liebschaft oder so?«

Aber auch darauf lächelte Holger nur geheimnisvoll.

Kennen Sie eine Elena?

Die Flasche drehte sich und drehte sich – und endlich war auch Graf Falko an der Reihe. Auf Ellis Frage nach Wahrheit oder Pflicht stand er auf und räusperte sich: »Selbstverständlich nehme ich die Wahrheit! Adel steht schließlich für Aufrichtigkeit, Gradlinigkeit und Rückgrat!«

Mit Ellis Frage hatte er allerdings nicht gerechnet, denn die lautete: »Hast du schon mal gepupst?«

Doch der Graf ließ sich nichts anmerken und nickte ernsthaft: »Natürlich habe ich schon mal ›gepupst‹. Da bin ich ganz bei Luther: Warum rülpset und furzet ihr nicht, hat es euch nicht geschmecket?« Er nickte den Ferienkindern selbstgefällig zu, die sein altes Zitat überhaupt nicht verstanden. »Könnt ihr euch mal merken!« Voller Elan drehte nun der Graf die Flasche. Sie wirbelte im Kreis, wurde langsamer und langsamer ...

Bibi flüsterte Tina zu: »Kann Chico endlich mal wieder drankommen?«

Doch die Flasche drehte sich weiter und trudelte in Holgers Richtung aus. »Das ist für Billy«, wies Holger auf sein Pony. »Das ist eindeutig Billy.« Alle lachten.

Graf Falko klatschte begeistert in die Hände. »Ja, aber weil ihr beide in etwa dieselbe Frisur tragt, so antworte du, Holger! Wahrheit oder Pflicht?« Und er forderte Holger, der diesmal Pflicht gewählt hatte, auf: »Friss wie ein Pferd den Hafertrog leer!«

»Falko!«, ermahnte Frau Martin ihn und sah dann ihren Sohn an, der gutmütig sagte: »Kein Problem, ich mach das!«

Alle – bis auf Graf Falko – fühlten mit Holger mit, der nun seinen Kopf über eine Schüssel mit Hafer beugte und zu kauen begann.

Graf Falko grinste: »Na, schon leer?«

Holger nahm noch einen Bissen und kaute mühsam. Aber leer essen konnte er das Gefäß nicht. »Sorry, ich hab's wirklich versucht!«

Graf Falko triumphierte. »Nicht geschafft! Dann darf ich gleich noch mal!« Schon drehte er die Flasche – und diesmal blieb sie direkt vor seinem Sohn stehen.

»Pflicht!«, rief Alex mit einem kämpferischen Leuchten in seinen Augen.

Graf Falko grinste mit diebischer Freude. »Dann schaff jetzt mehr Liegestütze als Tina!«

Tina schaute ihn ein wenig ungläubig an. Aber gut, sie war kräftig und ein paar Liegestütze waren nun wirklich kein Problem für sie.

»Schaffst du!«, fand auch Bibi.

»Schaffst du doch nie!«, widersprach Freddy.

»Komm, Alex, vamos!«, feuerte Chico wiederum Alex an.

Schon brachten sich Alex und Tina in Position und legten los. »Eins, zwei, drei, vier ...«

Bibi und Frau Martin feuerten Tina an. »Zeig's ihm, Tina! Komm! Los!«

»Alexander, mach unserem Hause keine Schande!«, so Graf Falko mit einem leicht hämischen Unterton.

Es folgte noch ein Liegestütz, der Alex aber schon sichtbar schwerfiel.

»Komm, der macht doch eh schon schlapp«, bemerkte Freddy trocken zu Tina.

Und richtig: Alex bemühte sich, noch einmal hochzukommen, fiel dann aber vornüber zu Boden.

Graf Falko schien es ziemlich egal zu sein, was er seinem Sohn damit angetan hatte. Im Gegenteil, er freute sich, dass er erneut zum Zuge kam. »Ohh, nicht geschafft! Gleich noch mal! Wen trifft das gräfliche Schicksal?« Schon drehte er die Flasche und diesmal kam sie vor Bibi zum Halt. Übermütig rief Graf Falko: »Bibi! Zieh deine Socken aus und kau darauf herum!«

Doch Bibi ließ sich nicht provozieren und erwiderte gleichmütig: »Dann muss ich sie wenigstens nicht waschen!« Schon zog sie ihre Schuhe aus und streifte die Socken von ihren Füßen.

»Falko, du hast sie nicht mal gefragt, ob Pflicht oder Wahrheit!«, wies ihn Frau Martin zurecht. Langsam aber sicher nervte sie sein Spielverhalten.

»Und dennoch tut sie's schon! Mit großem Vergnügen!«, erwiderte Graf Falko unbeirrt.

Bibi kaute auf ihren Socken rum und kommentierte ihr Tun mit: »Lecker!«

Alle lachten bis auf Frau Martin, die Graf Falko weiter ermahnte: »Du spielst hier nach deinen ganz eigenen Regeln!«

Graf Falko sah sie überrascht an. »Was, ich?«

»Ja, wer denn sonst? Hier spielt doch sonst keiner mehr«, antwortete Frau Martin gereizt.

»Überhaupt nicht, Susanne«, protestierte Graf Falko, »ich spiele nach den offiziellen Regeln!«

Bibi nutzte den kleinen Zank, drehte schnell die Flasche und hexte mit leiser Stimme und kleinen Gesten Richtung Flasche: »Eene meene nicht verkehrt, ich hexe hier ganz unbemerkt. Eene meene ungesehen, die Flasche bleibt bei Chico steh'n. Hex-hex!«

Tatsächlich, die Flasche drehte sich zwar zunächst an Chico vorbei und stoppte bei Graf Falko, der sich schon freuen wollte. Doch dann zuckelte sie ein kleines Stückchen zurück und zeigte jetzt direkt auf den jungen Spanier. Keiner außer Tina hatte Bibis Hexerei bemerkt. Sie lächelte verschwörerisch.

Als Bibi ihn aufforderte: »Wahrheit oder Pflicht?«, wählte Chico: »Pflicht«!

Damit hatte Bibi schon gerechnet und stellte ihm

geschickt ihre Aufgabe: »Gut, dann erkläre mir doch mal die Herkunft deiner adeligen Familie in drei Sätzen!« Chico war dieser Frage nämlich bisher immer ausgewichen. Er hatte immer nur behauptet, er käme aus Andalusien.

Freddy verdrehte genervt seine Augen. »Hey, wir spielen hier ›Wahrheit oder Pflicht‹ und nicht ›Wer bin ich‹!« Sein Einwand zählte nicht.

Graf Falko fand: »Eine sehr interessante Aufgabe!«

Bibi sah Chico unverwandt an, der stotternd zu erklären begann: »Bueno ... ja ... äh ... also die Herkunft de mi Familia ...« Er schluckte und schien fieberhaft nachzudenken, bevor er weitersprach: »Okay, mein Ur-Ur-Ur-Ur-Ur-Ur-Ur-Abuelo Chico der Erste ... der hat sein Land persönlich von Kolumbus bekommen. Wegen seiner Verdienste in la Mancha en España. Genau, ja! Und seitdem heißen wir so. De la Mancha.«

Freddy murrte: »Mindestens vier Sätze.«

Bibi musterte Chico skeptisch.

Graf Falko hingegen war begeistert. »Das ist ja grandios. Aber seit wann liegt die Mancha in Andalusien?«, fiel ihm auf.

»Ach so ... ja ... nein«, stotterte Chico verlegen. »Wir sind umgezogen.«

Graf Falko nickte. »Ah, umgezogen.«

Chico nickte nun auch hastig. »Ja, meine Mutter Elena und ich.«

Graf Falko merkte auf. »Elena?«

»Kennen Sie auch eine Elena?«, fragte Chico und Bibi bemerkte seine plötzliche Anspannung. Was sollte das? Warum fragte er das? Sie blickte zu Tina, die sich die gleichen Fragen zu stellen schien.

»Ich kenn übrigens auch eine Elena«, rief Freddy und grölte in die Runde. »Elena, verpiss dich, keiner vermisst dich!«

Die Ferienkinder lachten. Freddy war echt eine Nummer!

Auch Frau Martin lächelte. Sie mochte Freddy, selbst wenn er bisweilen anstrengend sein konnte. Außerdem wollte sie, dass es weiterging mit dem Spiel, und sie forderte Chico auf, die Flasche zu drehen.

Chico ließ die Flasche kreiseln, obwohl er ein wenig enttäuscht schien, keine Antwort auf seine Frage bekommen zu haben. Aber die Flasche zeigte, als ob es das Schicksal so wollte, diesmal auf Graf Falko.

Der Graf lächelte vergnügt. »Ich nehme natürlich wieder die Wahrheit und nichts als die Wahrheit. Nun, lieber Chico, stelle mir bitte deine Frage.«

Chico räusperte sich. »Graf Falko, Sie sind so gebildet. Also ein wahrer Edelmann und ›un hombre de palabras bonitas‹, also ein Mann der schönen Worte.«

Graf Falko lächelte geschmeichelt. »Sí, sí!«

Chico sah ihn gespannt an: »Wem haben Sie schon mal einen Liebesbrief geschrieben?«

Überrascht antwortete Graf Falko: »Liebesbrief, ich bitte dich!«

»Falko, du hast mir schon mal einen Liebesbrief geschrieben!«, erinnerte ihn Frau Martin. Was die Ferienkinder ziemlich witzig fanden.

»Jugendlicher Leichtsinn!«, verteidigte sich Falko peinlich berührt.

»Und das war der einzige Liebesbrief, den Sie geschrieben haben?«, fragte Chico nach.

»Wieso sollte es nicht der einzige gewesen sein?«, entgegnete der Graf.

»Vater, hast du das Spiel nicht verstanden? Du darfst nicht lügen!«, warf Alex genervt ein.

»Genau, und deswegen dreh ich jetzt wieder die Flasche«, so sein Vater. Schon griff er zu und gab ihr Schwung.

Alex schüttelte den Kopf. »Dass du dich nicht schämst!« Da kam die Flasche direkt vor ihm zum Stillstand.

Graf Falko schaute seinen Sohn an. »Haha! Vielleicht solltest du dich ja schämen, mein wahrheitsliebender Sohn.«

»Wofür?«, fragte Alex mit finsterer Miene.

Graf Falko fragte grinsend: »Wer war das erste Mädchen, das du geküsst hast? Na?«

Chico lächelte. »Das ist einfach.«

Alex tötete seinen Vater mit Blicken. Was Tina erstaunt beobachtete. Genau wie Bibi – was war denn hier los?

»Na, heraus mit der Wahrheit!«, forderte Graf Falko seinen Sohn auf. »Oder hast du etwa das Spiel nicht verstanden?«

Alex rang mit sich – und dann endlich antwortete er: »Es war ... Thusnelda von Schmettern.«

»Was?« Tina starrte ihn perplex an.

Graf Falko nickte bestätigend. »Thusnelda von Schmettern.«

Freddy grinste. »Wow!«

»Eine ganz reizende Person!«, erklärte Graf Falko mit einer gewissen Genugtuung.

Er wandte sich zu Tina: »Tina, also du weißt, ich habe dich sehr, sehr lieb, aber ... ähm ... so ist das nun mal gewesen.«

Frau Martin sah den Grafen kopfschüttelnd an und rief: »Kurze Pause!«

Wütend sah Tina Alex an und forderte ihn auf: »Komm mal mit!«

Geheimnisse

Frau Martin versuchte die Ferienkinder mit einer Runde Würstchen-Schnappen auf andere Gedanken zu bringen. Holger und sie hielten ein Seil, an das lauter kleine Würstchen angebunden waren, die sich die Kinder nur mit dem Mund, ohne Einsatz ihrer Hände, schnappen mussten. Woran sich Freddy einfach nicht hielt, sondern sich im Vorbeigehen gut gelaunt eins mit der Hand abriss.

Frau Martin rief ihm empört hinterher: »Ohne Hände! Freddy? Hallo?«

Doch Freddy lief einfach weiter, vorbei an Graf Falko, der ihm zufrieden mit seiner Limonade zuprostete: »Das macht doch Lust auf die zweite Runde!«

Freddy interessierte aber viel mehr, was da zwischen Alex und Tina abging, die etwas abseits bei dem grünen Trecker standen.

»Mann, Tina«, sagte Alex gerade. »Ich war neun Jahre alt, als dieses Adelstreffen war. Und Thusnelda ...«

»Was ist das überhaupt für ein Name?«, fragte Tina genervt.

»Auf jeden Fall war das völlig bedeutungslos!«, beteuerte Alex.

Jetzt erst bemerkte er Freddy, der die letzten Worte gehört hatte und nun frech grinsend Tina zu verstehen gab: »Es gibt immer einen Plan F – Plan Freddy!«

»Sag mal ...!«, fuhr ihn Alex genervt an. Doch Freddy zog schon weiter. Er war losgeworden, was er Tina schon lange sagen wollte. Er war jedenfalls immer offen für sie.

Tina lenkte Alex' Aufmerksamkeit wieder auf sich: »Und was ist, wenn ich auch jemanden vor dir geküsst habe? Mit zehn?«

»Was? Wen?«, fragte Alex überrascht.

Tina schüttelte den Kopf. »Sag ich nicht! Freiwillig hättest du es mir auch nicht gesagt.«

Es machte schon auch ein wenig Spaß, Alex auf die Folter zu spannen. Außerdem hatte er sich das selbst eingebrockt.

Bibi war währenddessen nach draußen gegangen. Nachdenklich lehnte Chico am Zaun des Reitplatzes. Ohne Umschweife sprach Bibi ihn an. »Ich glaube dir kein Wort!«

Chico wandte sich überrascht zu ihr. »Was?«

»De la Mancha. Du bist doch gar nicht adelig!«, sagte Bibi. »Und das ganze Ausquetschen von Graf Falko? Liebesbrief, Elena ... Was verheimlichst du uns? Und warum?«

»Ich bin adelig!«, widersprach Chico. Zu Bibis Überraschung legte er seine Hand auf ihre und sah ihr eindringlich in die Augen. »Ich weiß, du bist sauer wegen gestern, weil ich dich so blöd angemacht habe. Aber das alles hat nichts mit dir zu tun. Du wirst es hoffentlich bald alles verstehen.«

Bibi sah auf ihre Hände und schluckte. Und sie

wusste nicht, ob sie froh sein sollte oder genervt, als sich Freddy im nächsten Augenblick zu ihnen stellte und bedeutsam grinste. Schnell zog Bibi ihre Hand zurück.

In diesem Augenblick trat glücklicherweise Graf Falko aus der Scheune und rief: »Weiter geht's!«

Der schreckliche Spieler

Alle bis auf Alex und Tina hatten sich wieder auf ihre Plätze begeben. Bester Stimmung klatschte Graf Falko in seine Hände. »Mein Sohn ist zu spät, dann mach ich einfach weiter!«

Bevor jemand widersprechen konnte, hatte er schon die Flasche gedreht, die schließlich auf den kleinen Finn zeigte.

Graf Falko beugte sich zu ihm und fragte mit einem geradezu teuflischen Glitzern in seinen Augen: »Wahrheit oder Pflicht?«

»Nimm Wahrheit!«, empfahl ihm Frau Martin schnell. Sie ahnte schon, dass Graf Falko sich wieder etwas »ganz Besonderes« als Pflichtaufgabe überlegen würde.

Auch Alex und Tina, die nun wieder dazukamen, nickten. Es wäre wirklich besser, die Wahrheit zu wählen.

Doch leider entschied sich Finn anders und antwortete: »Pflicht!«

Graf Falko nickte zufrieden. »Nun gut! Dann steh jetzt auf, geh in den dunklen Wald, sammele einen Pilz und bring ihn hierher zurück.« Dabei lächelte er so unschuldig, als hätte er den Jungen an einem sonnigen Tag zum Blumen pflücken geschickt.

Finn schaute ihn ängstlich an.

Alex war entsetzt. »Vater, das kannst du doch nicht machen!«

»Creepy«, fand auch Freddy.

Chico schüttelte den Kopf. »Nein, nein, das war bestimmt ein Scherz.«

»Pah!«, rief Graf Falko. »Als Junge bin ich stundenlang nachts allein durch den Wald gelaufen!« Er wandte sich zu Frau Martin, die ihn ebenfalls fassungslos anschaute. »Du hast selbst gesagt, dass Wölfe kein Interesse an Menschen haben.«

Das Wort »Wölfe« löste noch größere Panik bei den Ferienkindern aus.

»Muss er das jetzt wirklich tun?«, fragte Elli verängstigt.

»Natürlich, so sind die Regeln«, antwortete Graf Falko und sah Finn streng an. »Kleiner Mann, du gehst jetzt da raus. Wenn nicht, dann hättest du gar nicht erst mitspielen sollen!«

Frau Martin stand abrupt auf. »Jetzt reicht's! Kommt, wir gehen!« Sie zog Finn zu sich und gab auch Małaika und Elli ein Zeichen zum Aufbruch. Wütend wandte sie sich an Graf Falko. »Wie konnte ich das nur vergessen: Du warst früher schon ein schrecklicher Spieler!«

Graf Falko entgegnete empört: »Wie bitte!? Ich spiele hier vollkommen regelkonform!«

Doch das brachte Frau Martin nicht davon ab, dass sie die Kinder ins Haus brachte. Obwohl die beiden Mädchen murrten, weil sie gerne noch länger geblieben wären.

»Zu Hause darf ich aber länger wach bleiben!«, beschwerte sich Malaika bei Holger, der nun auch aufstand.

Elli nickte. »Ich auch! Ich darf sogar Filme ab 36 gucken.«

Holger grinste. Filme gab es höchstens ab 18, aber so klang es natürlich noch aufregender.

»Ich bin 16 und geh auch schon«, warf Freddy versöhnlich ein.

Graf Falko rief Frau Martin hinterher: »Von wegen schrecklicher Spieler! Wer ist denn hier die Spielverderberin!«

Erst dann bemerkte er die Blicke von seinem Sohn und Bibi und Tina, die vorwurfsvoll auf ihm ruhten. Selbst Chico schien sein Verhalten peinlich zu sein.

»Was denn?«, fragte Graf Falko beleidigt. »Je früher man das lernt, umso besser! Dein Großvater, lieber Alexander, hat mich früher immer in den Wald geschickt.«

»Opa war schrecklich!«, erwiderte Alex.

Da stimmte ihm Graf Falko sogar zu. »Ja, aber ich habe gehorcht!«

»Ach, und das hat Ihnen gefallen!?«, fragt Tina.

Graf Falko nickte. »Ja, natürlich! Es hat mir geholfen! Ich hatte nie Angst! Bis heute nicht!«

In Bibis Zweifel mischte sich immer mehr Wut. Was bildete sich Alex' Vater eigentlich ein, ihnen den Spieleabend so zu verderben?

»Ihr glaubt mir etwa nicht?«, fragte Graf Falko. »Topp, die Wette gilt!«

Bibi nickte. »Gut. Ganz wie Sie wollen.« Kurz entschlossen erhob sie ihre Arme und sprach:

»Eene meene Nachtgericht, von Angesicht zu Angesicht ...«

»Bibi!« Chico versuchte, sie zu stoppen.

Doch Bibi sprach unbeirrt weiter: »Eene meene, jetzt auf bald, ab mit Falko in den Wald. Hex-hex!«

Glaubst du an Zombies?

Im nächsten Augenblick fand sich Graf Falko allein im tiefen, dunklen Wald wieder.

»Unverschämtheit!«, rief er empört. »Wenn ihr

glaubt, ihr könnt mich damit ärgern – nur zu! Ich habe keine Angst!«

In diesem Moment raschelte und knackte es im Unterholz. Folgte ihm etwa jemand? Ein Wolf heulte.

»Ahhhhh«, schrie der Graf zu Tode erschrocken auf.

Seltsame Gestalten krochen auf ihn zu und umringten ihn! Bibbernd versuchte er zu entkommen, doch wohin er auch lief, standen die zotteligen Gestalten gleich wieder vor ihm. Laut singend tanzten sie um ihn herum.

»Dreh dich nicht um,
Schatten an der Wand.
Glaubst du an Zombies?«

Der schaurige Gesang ging dem Grafen durch Mark und Bein. Bibi hatte ihr Ziel erreicht und Graf Falko ordentlich Angst eingejagt. Inzwischen hoffte der Graf inständig, dass dieser schreckliche Spuk bald vorbei sein würde.

Versprochen

In der Scheune wartete Chico unruhig auf die Rückkehr von Graf Falko. Auch Bibi begann langsam wegen ihres Hexspruchs ein schlechtes Gewissen zu bekommen.

Alex war das egal. Er war immer noch damit beschäftigt herauszufinden, wen Tina damals geküsst hatte, und fragte sie unvermittelt: »Gut, ich rat halt ... dein komischer Cousin ... wie heißt er noch?«

Tina starrte ihn überrascht an. »Was?«

»Ich glaub, du hast deinen Cousin geküsst«, erwiderte Alex.

Tina verdrehte die Augen. »Ohhh, Alex!«

Chico blickte Bibi eindringlich an. Wo blieb Graf Falko?

Bibi verteidigte sich. »Meine Hexerei dauert meistens eh nicht lang. Und außerdem hat der Graf selber gesagt, dass er keine Angst hat.«

Plötzlich stand der Graf wieder an seinem Platz. Die Hexerei hatte sich endlich aufgelöst. »Ahhhhhh!« Mit vor Schreck geweiteten Augen blickte er sich um.

Überrumpelt schaute Chico ihn an. »Graf Falko, soy yo, Chico. Ist alles in Ordnung?«

Endlich begriff der Graf, wo er war. Und vor allem, dass er in Sicherheit war. Sofort fiel er in sein altes Verhalten zurück. »Natürlich ist alles in Ordnung! Aber mich einfach in den Wald zu hexen!« Wütend schaute er Bibi an. »Das wird noch Folgen haben, Bibi Blocksberg! So viel ist sicher!« Damit verließ er die Scheune.

Chico folgte ihm: »Graf Falko, warten Sie!«

Graf Falko stapfte über den mondbeschienenen Hof und zuckte zusammen, als er glaubte, erneut Wolfsgeheul zu hören. Dann knarrte auch noch die Tür hinter ihm. Erleichtert erkannte er Chico, der ihm Beistand leisten wollte. »Das war übertrieben von Bibi!«, stellte der sich auf die Seite des Grafen.

Bibi interessierte sich unterdessen herzlich wenig für Alex, der immer noch bei seinem Thema war und Tina ausfragte: »Gut, dann rat ich mal! Benjamin aus der 9B?«

Sie trat entschlossen hinaus in die Dunkelheit und hörte mit, wie Chico dem Grafen erklärte: »Auch wenn Sie es ein wenig herausgefordert haben, versteh ich das total. Ich meine, wir sind uns doch da so ähnlich!«

»Ach ja?«, sagte Graf Falko überrascht.

Chico nickte. »Soll ich Sie nicht noch nach Hause begleiten?«

Der Graf schüttelte den Kopf. »Nein, nein! Das ist nun wirklich nicht nötig!« Doch als er abermals ein Knacken hörte, gleich neben sich im Gebüsch, fügte er hastig hinzu: »Ich meine, wenn du sowieso den gleichen Weg hast, dann kann ich dich gerne ein Stück begleiten!« Er war wirklich mit den Nerven am Ende.

Sie liefen weiter zum Stall, um die Pferde zu holen. Bibi folgte ihnen auf leisen Sohlen.

»Wenn Sie mal Zeit haben, müssen Sie mir unbedingt Ihre Pferde zeigen. Ich habe gehört, das sind alles Andalusier?«, fragte Chico, als sie in den Stall traten.

Bibi blieb draußen stehen und lauschte angespannt, während die beiden die Pferde aus den Boxen holten und sich weiter unterhielten.

»So ist es«, antwortete Graf Falko. »Weltklasse-Araber. Von den Arabern! Aber die sind dann wieder weg – die Araber. Und die Araber sind geblieben. Also die Pferde!«

Chico amüsierte sich, wie umständlich Graf Falko die Eroberung Spaniens durch die Mauren und die anschließende Rückeroberung zu erklären versuchte. Aber er mochte das. Wie er eigentlich alles an dem Grafen mochte.

»Und kaufen Sie die von einem bestimmten Hof?«, fragte er weiter nach.

»Nein, nein«, antwortete Graf Falko, »aber nur von den besten!«

Chico entgegnete: »Ich meine, es wäre ja schon ziemlich verrückt, wenn Sie schon mal auf einem Hof in meiner Gegend gewesen wären. Also in Costa de la Luz.«

Graf Falko horchte überrascht auf. »Und ob! Aber das ist lange her. Mindestens 16 Jahre!«

Chico lächelte. »16 Jahre, ja? Genauso alt wie ich bin!«

Mit einem Mal war Bibi alles klar.

Graf Falko hingegen schwelgte in Erinnerungen. »Ja, schöne Zeit!« Gedankenversunken führte er seine Cleopatra aus dem Stall.

Chico folgte mit Tricky am Zügel. Kurz entschlossen stellte sich ihm Bibi in den Weg, ohne dass Graf Falko etwas davon mitbekam.

Leise aber bestimmt sagte sie: »Du bist Graf Falkos Sohn! Das ist dein Geheimnis! Stimmt doch, oder? Deswegen bist du nach Falkenstein gekommen!«

Chicos Schweigen war Antwort genug.

Bibi sah ihn auffordernd an. »Du musst es ihm sagen und Alex auch. Je länger du wartest, desto schlimmer wird doch alles!«

Chico machte eine beschwichtigende Geste. »Bibi, por favor. Gib mir ein bisschen Zeit! Mein Vater ... Graf Falko ... er hasst Überraschungen. Versprich mir, es niemandem zu sagen, bevor ich es tue. Bitte!«

Bibi blickte ihn prüfend an. Er schien es ernst zu meinen und sie vertraute ihm. »Versprochen.«

Wen hat Tina geküsst?

Bibis Gedanken rasten, als sie zu Tina und Alex in die Scheune zurückkehrte. Und kaum zu glauben: Während sie herausgefunden hatte, dass Alex' Welt aus den Angeln gehoben wurde, war dieser noch damit beschäftigt zu erraten, wen Tina damals geküsst hatte. Immerhin hatten die zwei es sich schon in ihren Schlafsäcken gemütlich gemacht. Denn sie alle wollten im Stroh übernachten.

»Okay, dann grenzen wir das mal ein. War das auf dem Martinshof?«, wollte Alex wissen.

»Nein«, erwiderte Tina knapp.

»Aber in Falkenstein?«, fragte Alex.

Tina nickte.

»Und er kommt auch aus Falkenstein?«, hakte Alex weiter nach. »Verarsch mich nicht! Wer soll das sein? Ich mein, du hast ja nicht mit Freddy rumgeknutscht, oder?«

Bibi warf sich neben sie ins Stroh. »Oh Mann, als wenn ein paar Küsse vor ewigen Jahren etwas an eurer Beziehung ändern!«

»Bibi! Wo warst du so lang?«, fragte Tina überrascht.

Bibi zögerte und antwortete dann mit Blick zu Alex: »Ich ... hab nach deinem Vater gesehen. Alles gut. Chico bringt ihn jetzt ins Schloss.«

Alex horchte irritiert auf. Als ob sein Vater nicht allein zum Schloss reiten konnte. Und was hatte Chico dort zu suchen?

»Ja, gut, es war Freddy!«, gab nun Tina etwas unvermittelt zu.

»Wie bitte?«, fragten Alex und Bibi, beide ziemlich überrumpelt.

Tina zuckte mit den Achseln. »Er hat mein Fahrrad repariert und dann habe ich ihm einen Kuss gegeben!«

Alex stotterte: »Und ... wie ... war's?«

Tina grinste. »Gut!« Als Alex sie empört anstarrte, wies sie auf ihre Wange. »Mann! Auf die Wange! Jetzt reg dich ab!«

»Und seitdem ist Freddy in dich verknallt«, lachte Bibi.

Tina zog eine Grimasse. »Ha, ha!«

Alex blickte eingeschnappt zur Decke. Tina kuschelte sich an ihn und flüsterte: »Du bist süß, wenn du eifersüchtig bist.«

Jetzt musste Alex auch wieder lächeln. »Du auch.«

Bibi atmete erleichtert auf. Na also. Da öffnete sich plötzlich die Stalltür und Freddy kam mit einem Rucksack hereingestürmt. »Hab nur schnell meinen Schlafsack geholt! Ist doch klar, dass ich noch ein bisschen bleibe, wenn's hier so kuschelig ist.«

Tina schaute ihn verdattert an. »Freddy!«

Sie wechselte einen bedeutsamen Blick mit ihren Freunden. Na toll.

Willkommen auf Schloss Falkenstein

Nach ihrem Ritt durch die Dunkelheit erreichten Graf Falko und Chico Schloss Falkenstein. Umständlich machte sich Graf Falko an dem Nummerncode der großen Eingangstür zu schaffen. Doch das Schloss ließ sich einfach nicht öffnen, egal, welche Zahlenkombination er eingab. »Ah ja. Ähm! Zahlendreher.«

Chico nickte höflich. »Ach so.«

Graf Falko probierte eine weitere Zahlenkombination. Wieder erfolglos. Für ihn stand fest: »Dagobert muss die Nummer geändert haben. Dagobert! Dagobert!«, rief er laut. Gegenüber Chico erklärte er: »Es ist ja schon eingebrochen worden bei uns! Aber jetzt: Die neueste Sicherheitstechnik! Da kommt keiner rein!«

Chico lächelte. »Ja, das sehe ich.«

Graf Falko räusperte sich. »Ich kann dir wohl kaum zumuten, mitten in der Nacht allein zurückzureiten. Dagobert wird das Gästezimmer für dich fertig machen.«

In diesem Moment ging die Tür auf. Dagobert, im langen Nachthemd und eine eigentümliche Mütze auf dem Kopf, stand vor ihnen und merkte erleichtert an: »Ich habe mir schon Sorgen gemacht!«

Graf Falko nickte Chico zu und wies zur Tür: »Willkommen auf Schloss Falkenstein!«

Glücklich lächelnd trat Chico ein.

In der Scheune lag Tina mittlerweile zwischen Freddy und Alex. Beide Jungen schnarchten. Unruhig wälzte sie sich hin und her, bis sie plötzlich die Augen aufschlug und sich aufrichtete. Genervt stöhnte sie auf. »Ich werde wahnsinnig!« Sie hielt erst Alex die Nase zu und dann Freddy. Nichts half. Nach einer kurzen Pause schnarchten die beiden weiter. Da erst bemerkte sie, dass auch Bibi gar nicht schlief, sondern nachdenklich zur Decke blickte.

»Bibi? Alles okay?«

Bibi nickte, ohne sie anzuschauen: »Ja.«

Tina runzelte die Stirn. »Was ist los?«

Bibi zuckte hilflos mit den Achseln. »Ich kann's dir leider nicht sagen!«

»Aber wir sagen uns doch immer alles!«, sagte Tina erstaunt.

Bibi seufzte. Sollte sie ihrer besten Freundin trotzdem verraten, was los war? Sie dachte an Chico, dem sie etwas versprochen hatte. Und der ihr etwas versprochen hatte. Und der nun gerade auf dem Schloss war. Unentschlossen erwiderte Bibi Tinas Blick und wünschte ihr eine Gute Nacht.

Auch Chico war noch wach. Leise schlich er aus dem Gästezimmer in die Bibliothek und stellte die Chronik, die er eilig auf dem Martinshof in seinen Rucksack gepackt hatte, zurück ins Regal. Dann sah er sich lächelnd um. Willkommen auf Schloss Falkenstein. Hier fühlte er sich wie zu Hause.

Folge 7

STURM KOMMT AUF

Bibis Geheimnis

Am nächsten Morgen schien die Aufregung der Nacht in weite Ferne gerückt. Die Sonne strahlte und kündigte erneut große Hitze an. Müde betraten Bibi und Tina noch in ihren Schlafklamotten ihr Zimmer und warfen ihre Schlafsäcke in die Ecke. Auf Tinas Bett tollten ein paar junge Kätzchen umher, die es hier offenbar sehr gemütlich fanden.

Tina ging es ähnlich. Genüsslich kuschelte sie sich neben die Kätzchen in ihre Kissen und seufzte. »Oh, zum Glück, ein richtiges Bett!«

Richtig gut hatte sie im Stroh nicht geschlafen. Was sie Alex und Freddy verdankte, die ihr auch die restliche Nacht die Ohren vollgeschnarcht hatten. Außerdem kreisten ihre Gedanken die ganze Zeit um das, was Bibi ihr nicht sagen durfte.

Sie blickte zu Bibi. »Sagst du's mir jetzt?«

Bibi, die es sich in Tinas Hängesessel gemütlich gemacht hatte, seufzte. »Ich kann's dir nicht sagen, ich hab's versprochen!«

Tina verdrehte die Augen. »Ja, das verstehe ich ja. Aber ich sehe doch, dass es dich beschäftigt. Also raus damit!«

Bibi schüttelte den Kopf.

Doch Tina insistierte: »Außerdem sind wir beste Freundinnen. Und ich sag's auch nicht weiter.« Neugierig fügte sie an: »Hat Chico doch eine Freundin?«

Bibi verzog etwas genervt ihr Gesicht. »Quatsch!«

»Was dann?« Tina grinste. »Habt ihr etwa ...?«

Meinte sie damit, dass sie sich geküsst hatten? Bibi sah ihre Freundin empört an. »Nein!«

Tina grinste noch breiter. »Schade, oder?«

Bibi verdrehte die Augen. »Mann, Tina, jetzt hör mal auf.«

Doch Tina dachte gar nicht daran. »Okay. Was dann?«, fragte sie. »Er ist ein Außerirdischer und du hast seine wahre Identität gelüftet?«

Woraufhin Bibi nur gequält lächelte. Nicht mal das fand sie lustig.

Tina schaute sie erstaunt an. »So schlimm?«

Bibi seufzte. »Okay!« Sie konnte das Geheimnis einfach nicht länger für sich behalten. »Chico ist Alex' Bruder«, platzte sie heraus.

Damit hatte Tina nicht im Entferntesten gerechnet. »Was?«, rief sie schockiert aus.

Bibi nickte: »Also sein Halbbruder. Aber Tina, du darfst es wirklich niemandem sagen. Erst recht nicht Alex! Chico will's ihm selber sagen.«

Tina starrte sie immer noch ungläubig an und stotterte: »Aber ... wie kann Chico Alex' Bruder sein? Er kommt aus Spanien und Alex wohnt hier in Falkenstein.«

»Aber der Graf war mal in Spanien«, antwortete Bibi.

Tina war fassungslos. »Nein!«

»Doch!« Bibi wunderte sich über Tinas heftige Reaktion.

Doch Tina war der Schreck wegen etwas anderem in die Glieder gefahren. »Er ist jetzt da! Bei Alex! Also Alex bei ihm! Auf Schloss Falkenstein!«

»Ja, wahrscheinlich sagt Chico es ihm gerade«, vermutete auch Bibi.

»Wir müssen zu ihm! Das wird ein Riesenschock für Alex!«, rief Tina aufgeregt. Sie stand rasch auf und lief zur Tür. »Auf zum Schloss!«

Bibi zeigte auf ihre Schlafanzughose, die sie noch trug. »So?«, fragte sie ihre Freundin.

Während sich die beiden Mädchen schnell umzogen, ihre Pferde schnappten und zum Schloss ritten, zerpflückte Frau Martin frische Minze, um einen kühlen Trunk zuzubereiten.

Plötzlich schaute sie verdutzt auf das Barometer. Eben hatte es noch Hochdruck angezeigt. Doch plötzlich schlug der Zeiger in die andere Richtung und zeigte auf »Sturm«. Dabei war blitzeblauer Himmel und strahlender Sonnenschein. »Das hab ich ja noch nicht erlebt!«, murmelte sie.

Haferschleim auch ohne Honig

Graf Falko blinzelte zufrieden in die Sonne. Er genoss sein Frühstück, das er zusammen mit Chico auf der Terrasse einnahm. Wie immer aß er Porridge, den Dagobert in kleinen edlen Schüsseln servierte, und bemerkte: »Was braucht man mehr als ein Schälchen Haferschleim und ein Löffelchen Honig, um gesund und gestärkt in den Tag zu starten. Und dann noch dieser Ausblick!« Er öffnete das Honigtöpfchen und kratzte gut gelaunt den letzten Rest zusammen. »Dagobert! Der Honig ist alle.« Er nickte stolz Chico zu. »Selbst gemacht.«

»Ich bin sowieso gleich noch bei den Bienen«, informierte ihn sein Butler.

In diesem Augenblick trat auch Alex auf die Terrasse. »Morgen, Dagobert. Nicht ohne mich anfangen!« Er hatte nämlich den Plan, Dagobert bei seiner Arbeit mit den Bienen zu interviewen. Dann setzte er sich an den Tisch und begrüßte auch seinen Vater. »Morgen!«

Graf Falko musterte ihn etwas missbilligend. »Das heißt ›Guten Morgen‹, mein lieber Sohn. Und da du offensichtlich noch nicht besonders gut sehen kannst, scheint es deiner Aufmerksamkeit entgangen zu sein, dass wir heute Früh einen Gast haben.«

Chico nickte Alex freundlich zu. »Hola, gut geschlafen in der Scheune?«

»Ich schon«, antwortete Alex einsilbig. Er fand es etwas merkwürdig, wie Chico mit seinem Vater in trauter Zweisamkeit an ihrem Tisch saß. Und der Haferschleim schien Chico auch noch zu schmecken.

»Fantastico. Wirklich fantastisch«, lobte Chico vollmundig. »Herr Graf, Ihr Lebensstil me gusta. Groß im Wirken und bescheiden im Sein.«

Graf Falko nickte, äußerst geschmeichelt vom Lob seines Gastes. »Sehr trefflich, lieber Chico. Sehr trefflich.«

Alex murmelte ungläubig: »Man kann's auch übertreiben.« Kopfschüttelnd nahm er sich ein bisschen Obst.

Chico räusperte sich. »Herr Graf. Alex. Ich muss euch etwas sagen.«

Alex schaute ihn fragend an. Auch der Graf wandte sich ihm zu.

Chico holte tief Luft. Doch mit einem Mal spürte er ihre Blicke und es verließ ihn der Mut, das zu sagen, was er eigentlich sagen wollte. Stattdessen stotterte er: »Ich ... esse Haferschleim auch ohne Honig gerne.« Verlegen aß er noch etwas Porridge.

Alex musterte ihn ungläubig. »Schön für dich.«

»Du könntest dir ein Beispiel daran nehmen, Alexander«, ermahnte ihn Graf Falko. »Ab und zu würde ich mir meinen Sohn auch so wünschen!«

Chico schaute Alex verlegen an. Dem platzte allmählich der Kragen. »Tut mir leid, Vater, dass ich deinen Ansprüchen nicht genüge. Vielleicht adoptierst du Chico einfach.«

Chico stotterte: »Das ist ... gar nicht ... nötig.«

Alex reichte es und er stand auf. »Ich muss!«

Graf Falko schaute ihm entrüstet hinterher. »Er muss! Plötzlich muss er! Was muss er denn?«

Chico zuckte zerknirscht die Schultern. Einen Streit zwischen Alex und seinem Vater hatte er nicht gewollt.

»Wenn du aufgegessen hast, dann zeig ich dir mal das Schloss!« Damit tupfte Graf Falko sich die Mundwinkel ab und legte seine Serviette zusammen.

Kommunikation mit den Bienen

Eilig ritten Bibi und Tina die Auffahrt zum Schloss entlang, als ihnen Alex entgegenkam. Doch er war kaum zu erkennen: Er trug einen weißen Imkeranzug und auf dem Kopf einen Imkerhut mit einem Netz, das sein Gesicht vor Bienenstichen schützen sollte. Er begrüßte die Mädchen überrascht. Mit ihrem Besuch hatte er so schnell nicht gerechnet.

Tina fragte besorgt: »Was ist denn los?«

Alex wirkte irgendwie aufgebracht. Auch Bibi musterte ihn eindringlich.

Alex zuckte mit den Achseln. »Mein Vater nervt. Und Chico erst recht.«

»O-ha«, entfuhr es Bibi, nichts Gutes ahnend.

»Dann weißt du es?«, fragte Tina.

Alex sah sie fragend an. »Was?«

Eilig ging Bibi dazwischen: »Nichts!« Sie warf Tina einen warnenden Blick zu. Noch schien Alex wirklich nichts zu wissen.

»Ähhhh, ich meine dein Outfit«, lenkte Tina rasch ab.

Alex machte ein verdutztes Gesicht. »Ach so, ja, das ist für das Interview mit den Bienen. Also das Interview ist mit Dagobert, aber mit den Bienen – also über die Bienen.«

Tina grinste und stieg vom Pferd. »Deshalb siehst du so aus, als würdest du eine Expedition machen.«

»Ja«, antwortete Alex genervt. Allmählich kam ihm das Gespräch spanisch vor. Er spürte, dass irgendetwas nicht stimmte.

Rasch gab ihm Tina einen Kuss. »Ich finde dich süß!«

Alex lächelte versöhnt. »Dagobert wartet. Kommt ihr auch?« Schon lief er weiter.

»Wenn wir's ihm sagen, helfen wir ihm viel mehr!«, sagte Tina rasch zu Bibi, die auch abgestiegen war.

Bibi schüttelte entschlossen den Kopf. »Nein. Ich habe es Chico versprochen.«

Eilig führten sie Amadeus und Sabrina weg, und dann folgten sie Alex zu den Bienenkästen.

Dagobert war schon damit beschäftigt, die Honigernte vorzubereiten.

Bibi und Tina, die mittlerweile ebenfalls Imkerschutzanzüge trugen, beobachteten ihn interessiert zusammen mit Alex.

»Bienen sind doch top aktuell!«, sagte Alex und holte sein Aufnahmegerät hervor.

»Doch sie können stechen«, warnte Dagobert, der vorsichtig ein Rähmchen, in das die Bienen die mit Honig gefüllten Waben eingebaut hatten, aus dem Bienenkasten herauszog.

Alex hielt ihm sein Mikrofon hin. »Aber warum ist es eigentlich so gefährlich, dass die Bienen aussterben?«

Dagobert antwortete: »Wenn es keine Bienen mehr gibt, werden die Blüten nicht bestäubt und es wachsen keine Früchte. Also keine Nahrung für Tiere und Menschen.«

Bibi und Tina nickten bedrückt. Das klang logisch.

Dagobert führte weiter aus: »Leider zerstören Parasiten, Pestizide und einseitige Landwirtschaft ganze Bienenvölker.« Dabei schüttelte er vorsichtig die Bienen von den Waben und trug das Rähmchen zu der Honigschleuder.

Bibi zeigte auf die Schleuder. »Aber so nehmen wir den Bienen ihre Nahrung doch wieder weg!«

»Als Austausch bekommen sie verflüssigten Zucker«, erklärte Dagobert. »Die Tiere geben die Nachricht weiter, und alle holen sich, was sie brauchen.«

»Die kommunizieren ja richtig«, erkannte Alex.

Tina lächelte. »Ganz ohne Handy!«

»Bienen spüren auch Wetterumschwünge«, so Dagobert und wandte sich zu Bibi. »Halt mal die Klappe!«

Bibi schaute ihn überrascht an, doch Dagobert hielt ihr nun den Deckel der Honigschleuder hin. Ach so, das hatte er damit gemeint!

»Schade, dass wir euch nicht verstehen«, so Alex. »Ihr habt bestimmt viel zu erzählen.« Er trat näher an die Bienenstöcke und das Summen der Bienen wurde immer lauter.

»So wie du Chico nicht verstehst?«, fragte Tina.

Abgelenkt fragte Alex: »Weil er Spanisch spricht oder warum?« Er war ganz darauf konzentriert, die Bienen zu beobachten.

Tina schüttelte den Kopf. »Nein, weil er ...«

Doch Bibi stoppte Tina rasch, indem sie schnell ihre Arme hob und hexte: »Eene meene Wasserlache, Alex versteht die Bienensprache. Hex-hex!«

Tatsächlich konnte Alex auf einmal die Bienen verstehen. Erstaunt hielt er sein Mikro näher zum Einflugloch der Bienen und lauschte. Ab und zu summte er auch leise mit.

Rasch stellte sich Tina zu Dagobert und fragte ihn leise: »Gab's gestern eigentlich noch irgendwas? Als der Graf mit Chico aufs Schloss gegangen ist?«

Dagobert musterte sie erstaunt. »Nein, nicht dass ich wüsste.«

Doch Tina bohrte weiter nach. »Es ist schon komisch, wie Chico sich so an den Grafen hängt, oder? Hat er denn gar nichts gesagt?«

»Gesagt? Nein!«, antwortete Dagobert.

»Ich glaub, ich hexe Alex langsam mal zurück. Sonst wird er selber noch zur Biene«, meldete sich Bibi zu Wort und erhob ihre Hände. »Eene meene wunderbar, alles wie es vorher war. Hex-hex!«

Alex wurde aus seinem Zwiegespräch mit den Bienen gerissen und wandte sich aufgeregt und begeistert zu Bibi. »Boah ... war das abgefahren. Die Bienen wissen so viel!« Aber plötzlich wurde er ganz ernst: »Wir müssen alles wetterfest machen. Da kommt ein Sturm auf uns zu. Der haut alles um.«

Alex sah Bibi und Tina auffordernd an und machte sich selbst sofort auf den Weg. »Los, beeilt euch. Die Bienen haben gesagt, gleich geht's los. Ich würde sagen, ihr reitet zurück zum Martinshof und bringt die Tiere rein.«

Tina blickte ungläubig zum wolkenlos blauen Himmel. »Aber ich seh doch gar nichts! Und was machst du?«

»Na, ich muss ins Radio«, antwortete Alex. »Da kann ich mir grad wirklich keinen Fehler erlauben.« Und schon wollte er weiter.

»Willst du nicht noch mal kurz zurück ins Schloss?«, hielt Bibi ihn auf.

Alex schüttelte den Kopf. »Chicos Schleimerei beim Frühstück hat mir gereicht. Danke! Außerdem muss doch irgendwer die Leute warnen.« Wieder wollte er los.

»Vielleicht gibt's ja einen Grund dafür«, versuchte Bibi ihn doch noch dazu zu bringen, zum Schloss zurückzukehren.

»Einen Grund, mich bei meinem Vater mieszumachen?«, fragte Alex. »Den will ich gar nicht wissen.«

Hastig schnappte er sich seine Tasche, dann eilte er davon. »Bis später!«

Tina blickte ihm seufzend hinterher. »Der ist schon ganz schrullig, oder? Ich meine, ist doch total windstill!«

Dagobert nickte. Andererseits waren seine Bienen sehr intelligente, sensible Tiere.

Auch Bibi hatte ein komisches Gefühl: »Na, komm. Holen wir erst mal die Pferde von der Koppel. Irgendwie glaub ich ihm!«

Auf dem Martinshof war vom Sturm noch nichts zu merken. Frau Martin brachte mithilfe von Elli und Finn der schwangeren Stute Lotti frisches Heu. Das Fohlen konnte jederzeit kommen. Frau Martin tastete prüfend Lottis Bauch ab. Die Stute knabberte genüsslich am Heu, als plötzlich ein lauter Knall ertönte. Frau Martin konnte sich das Geräusch nicht erklären und fragte scherzhaft, ob Finns Magen so laut knurrte.

Oder war das der erste Vorbote des von den Bienen angekündigten Sturms?

Die Wahrheit

Im Herrenzimmer des Schlosses präsentierte Graf Falko Chico seine umfangreiche Hufeisensammlung. »Sie umfasst 812 antike Hufeisen und ist damit die größte in ganz Europa, vielleicht sogar weltweit!«, erklärte er stolz.

Chico betrachtete sie interessiert. »Sehr beeindruckend.«

»Jedes hat eine eigene Geschichte«, führte Graf Falko aus und zeigte auf einige Hufeisen. »Hier Lord Ido, Triple Crown, England. Napoleons Marengo – sein Lieblingspferd! Austerlitz, Jena, Wagram, Waterloo …«

»Aber welches ist das andalusische?«, fragte Chico. Er wies auf ein Hufeisen. »Das hier?«

»Äh, ja, tatsächlich«, stellte Graf Falko beim näheren Betrachten fest. Neugierig nahm Chico es ihm aus der Hand. Dabei hielt er es mit der Öffnung nach unten. Schnell drehte es Graf Falko um. »Oh, bitte immer so herum halten. Damit das Glück nicht herausfällt.«

»Das ist ja das Wappen meiner Mutter auf dem Hufeisen.« Chico zeigte auf die gut sichtbare spanische Prägung.

Erstaunt betrachtete Graf Falko das Wappen. »Tatsächlich? Na, das ist ja ein, äh, Zufall.«

»Nein, kein Zufall, Herr Graf!«, korrigierte ihn Chico. »Ich muss Ihnen etwas sagen.« Er schluckte. »Ich habe mir die Chronik geborgt.«

»Was denn? Ohne zu fragen?!«, erwiderte Graf Falko empört. »Ja, das geht aber nicht, mein lieber, junger Freund!«

Er eilte in seine Bibliothek. Chico folgte ihm mit schlechtem Gewissen. Graf Falko zog die Chronik, die Chico in der Nacht zurückgestellt hatte, aus dem Regal und blätterte erleichtert und aufgebracht zugleich darin herum. »Dein Interesse in allen Ehren, mein lieber Chico, aber wenn man sich etwas borgt, dann muss man vorher fragen.«

Chico versuchte sich zu verteidigen. »Ich kann es ja erklären!«

In diesem Moment fiel Graf Falkos Blick auf den Stammbaum, in den Chico seinen Namen eingetragen hatte. Empört rief er: »Was ist das denn?! Du kannst doch hier nicht einfach deinen Namen reinkrakeln!«

»Doch, eben schon. Weil… weil…«, stotterte Chico.

Graf Falko sah ihn bohrend an. »Weil?«

Chico stammelte: »Sie haben sich doch immer einen Sohn wie mich gewünscht. Und das ist möglich, Graf Falko, ich…«, er atmete tief durch. »Ich bin Ihr Sohn.«

Graf Falko schaute ihn völlig perplex an. »Mein Sohn? Hahaha. Da könnte ja jeder kommen!« Plötzlich drehte er sich um. »Ich muss… schlafen!« Panisch flüchtete der Graf in sein Schlafzimmer, schlug die große Flügeltür zur Bibliothek vor Chicos Nase zu und verriegelte sie.

Verzweifelt klopfte Chico an und versuchte den Grafen durch die Tür anzusprechen: »Graf Falko! Vater! Lassen Sie mich das doch erklären.« Doch die Tür blieb verschlossen. Graf Falko wollte nicht mit ihm sprechen. Niedergeschlagen sank Chico zu Boden und lehnte sich an die Tür.

Plötzlich war es still. Im Schlafzimmer schlich Graf Falko vorsichtig zurück zur Tür und lauschte, was auf der anderen Seite vor sich ging. Erneut bat Chico flehentlich, ihm alles erklären zu dürfen.

Der Graf war völlig durcheinander. Wie kam Chico dazu, ihn so zu verwirren? Er sank ebenfalls zu Boden, die Chronik immer noch in den Händen. Er verstand gar nichts mehr!

In diesem Augenblick kam Dagobert aus dem Garten in die Bibliothek und sah Chico am Boden hocken.

Weinte der Junge etwa?

Kurz entschlossen betrat Dagobert über eine zweite Tür Graf Falkos Schlafzimmer und fragte: »Was ist denn jetzt schon wieder?«

Graf Falko sah ihn verzweifelt an: »Schon wieder? Was für eine Unterstellung. Das ist völlig unmöglich!« Er wies hinter sich auf die Tür zur Bibliothek. »Mein Sohn? Das wüsste ich ja wohl. So eine *infame Idee.*«

Chico rief erneut von der anderen Seite der Tür: »Graf Falko!«

»Was willst du von mir?«, fragte der Graf vorwurfsvoll.

»Nichts! Es geht mir nicht um irgendein Erbe oder Anspruch oder Geld«, hörte der Graf Chicos Stimme. »Ich wollte immer wissen, wo ich herkomme, wo meine Wurzeln sind und wer mein Vater ist. Und auch, wenn Sie mich nicht als Sohn wollen«, so Chico weiter, »bin ich trotzdem stolz, Ihr Sohn zu sein!«

Dagobert entriegelte kurz entschlossen die Tür.

Graf Falko und Chico blickten sich über ihre Schultern an. Die beiden hatten die ganze Zeit ganz nah beieinander gesessen, Rücken an Rücken, getrennt nur durch das Türblatt.

»Denn Sie sind ein Mann, der Werte hat und dafür einsteht. Und das bewundere ich irgendwie. Das wollte ich noch sagen, bevor ich abreise«, vollendete Chico seine Rede. Mit Tränen in den Augen stand er danach auf und verließ den Grafen und die Bibliothek.

Dagobert seufzte und hob die Chronik vom Boden auf. »Also doch. Ich dachte es mir schon.«

Das war nicht das, was Graf Falko hören wollte. »Schon gedacht? Was haben Sie sich schon gedacht, Dagobert? Humbug! Jetzt fangen Sie nicht auch noch an! Humbug!« Das konnte einfach nicht wahr sein!

Wake News

Kaum war Alex im Studio von Radio Flamingo angekommen, sollte er auch schon das Wetter ansagen. Schnell überflog er den Bericht und stutzte.

»Du bist gleich auf Sendung!«, rief ihm Funky durch die Trennscheibe zu.

Alex wies auf den Bericht. »Ist der von heute?

Stimmt doch gar nicht! Hier steht ja gar nichts von dem Sturm!«

Schon gab ihm der Radiotechniker Paul ein Zeichen, dass er live on Air war.

Etwas überrumpelt begrüßte Alex seine Zuhörerinnen und Zuhörer: »Äh, willkommen bei Radio Flamingo – werbefrei, wertfrei, einwandfrei. Mit dem Wetter ...« Er las vom Blatt ab: »Wir bekommen wieder etwas Regen und leichten Wind ...?« Er stockte. »Was nicht stimmt! Die müssen sich geirrt haben!«

Funky Fröhlich machte ihm durch die Trennscheibe ein Zeichen. »Lies bitte, was da steht!«

Doch Alex sprach unbeirrt weiter ins Mikro: »Entschuldigung, ich korrigiere mich, es wird heftig. Ich habe mit den Bienen gesprochen und ein Sturm kommt auf!« Schnell griff Alex zu seinem Aufnahmegerät und spielte seine Aufnahme von dem Bienensummen ab.

Holger Martin saß in der Küche und lauschte aufmerksam dem Wetterbericht. Als seine Mutter hereinkam, machte er ihr Zeichen, ebenfalls zuzuhören. Er drehte das Radio lauter, denn plötzlich war nur noch Bienensummen zu hören.

Funky schüttelte fassungslos den Kopf. Hatte ihr Praktikant den Verstand verloren? Radiotechniker

Paul, den sonst nichts aus der Ruhe bringen konnte, vergaß für einen Moment sogar, in sein Brötchen zu beißen.

Doch jetzt übersetzte Alex das Gesumme: »Das heißt so viel wie: ›Verlassen Sie Ihren Bau nicht, sonst werden Sie weggeweht.‹«

Er spulte ein wenig vor. »Das hier bedeutet: ›Auch vor umstürzenden Bäumen Vorsicht!‹ Und das ganz Aufgeregte hier, das heißt so viel wie: ›Wir verlassen unseren Bienenstock auch nicht.‹ Ja, und das würde ich Ihnen auch empfehlen! Denn Tiere können Gefahr spüren. Verstanden?«

Nachdem Alex seine Ansage beendet hatte, ließ er Musik laufen. Es war ihm egal, dass Funky Fröhlich jetzt zu ihm hereinstürmte und erbost rief: »Du kannst dich doch nicht gegen den Deutschen Wetterdienst auflehnen!«

»Es ging nicht anders!«, entgegnete Alex überzeugt. »Und es war richtig! Ich habe doch keine Fake News verbreitet. Eher Wake News!« Damit schob er den Regler hoch und im Studio ertönte ein lautes Lied.

»Wir sind hier und wir sind laut,
Weil ihr uns die Zukunft klaut.
Seht ihr nicht, die Erde taut.
Macht endlich die Augen auf!
Wir wollen, dass ihr Panik kriegt!«

»Machst du jetzt mal bitte den Song aus?!«, forderte Funky Fröhlich.

Alex schüttelte den Kopf. »Jetzt hören Sie doch erst mal zu!«

Der Song handelte davon, dass das Wetter in letzter Zeit verrückt spielte und die Welt im Müll versank. Er wollte aufrütteln und den Menschen klar machen, dass es höchste Zeit war, etwas an ihren Gewohnheiten zu verändern. Wenn die kranke Welt noch gerettet werden sollte, mussten endlich die Hinweise ernst genommen werden. Alex war wichtig, dass das Lied möglichst viele Leute hörten.

Nicht allen Zuhörern gefiel das. Während der Song lief, fuhr der Mühlenhofbauer mit dem Trecker gerade an seinem Maisfeld entlang. Er hatte das Radio an, doch machte er nach den ersten Takten und Worten des Songs ziemlich genervt aus. Davon wollte er wirklich nichts hören!

Auch Graf Falko steckte den Kopf unter seine Bettdecke. Er war schließlich mit seinen eigenen Problemen beschäftigt. Chico sollte sein Sohn sein? Das würde bedeuten, dass er, Graf Falko von Falkenstein, Vater von zwei Söhnen wäre? Als Dagobert ihn aufforderte, den Kontakt zur Welt nicht zu verlieren, und das Radio anmachte, verkroch sich der verzweifelte Graf nur noch tiefer unter seinen Kissen und hielt sich die Ohren zu.

Sein Butler Dagobert hingegen verließ ruhig und entschlossen das Schlafzimmer, durchquerte die Bibliothek und ging zu Graf Falkos Hufeisensammlung. Behutsam brachte er das umgedrehte Hufeisen wieder in die richtige Position. Ihn brachte nichts so leicht aus der Ruhe.

Wo ist Allegro?

Am Himmel zeigten sich die ersten Wolken. Wind zog auf und pfiff durch die Gräser am Wegrand, während Bibi und Tina eilig zur Koppel rannten. Schon aus der Ferne sahen die beiden Mädchen die Pferde dort unruhig umhertraben. Offenbar ahnten auch sie schon, dass ein Unwetter nahte. Und was war das? Im Zaun der Koppel war die obere Latte zerbrochen.

»Was ist denn hier passiert?«, fragte Tina.

»Allegro fehlt«, bemerkte Bibi. »Er ist ausgebrochen!«

Die Mädchen schauten sich erschrocken an und Bibi erhob kurz entschlossen ihre Hände. »Eene meene schöner Schein, Allegro soll zu sehen sein.

Eene meene schnell hinterher, Allegro finden ist nicht schwer. Hex-hex!«

Sie wandte sich zu Tina. »Hol du die Pferde! Ich suche Allegro.« Und damit folgte sie dem durchscheinenden Bild von Allegro, das vor ihr schwebte und ihr den Weg wies.

Der Wind wurde stärker. Auf dem Martinshof holte Frau Martin mit Unterstützung von Elli, Malaika und Finn eilig die Wäsche ein. Dann versuchten sie, die Hühner und die Hasen in Sicherheit zu bringen. Holger führte den Ziegenbock Hoheit in den Stall und verriegelte das Tor. Billy the Kid durfte ausnahmsweise mit Erlaubnis von Susanne Martin mit ins Haus.

Und Bibi galoppierte mit Sabrina trotz des drohenden Unwetters los, um Allegro zu finden. Immer wieder tauchte das durchscheinende, gehexte Bild von Allegro auf und zeigte ihr, in welche Richtung sie reiten musste. Sie galoppierte am Waldrand, durch das Maisfeld und über eine Wiese. Dann kam sie in unwegsames Gelände. Plötzlich überquerte ein großer Radlader ihren Weg.

Erschrocken stoppte sie Sabrina. »Hooooo. Die haben ja schon angefangen!«

Offenbar hatte diese Kim Win Win hier bereits mit dem Kiesabbau begonnen! Als Sabrina ungeduldig wieherte, streichelte Bibi sie. »Du hast recht. Jetzt erst mal zu Allegro.« Besorgt ritt Bibi weiter. Plötzlich nahte ein Reiter von der Seite. »Chico!?«, rief sie erstaunt.

Chico wirkte ziemlich niedergeschlagen, als er Tricky bei Bibi zum Stehen brachte. Doch für Nachfragen war jetzt keine Zeit, und sie informierte ihn nur schnell, was mit Allegro geschehen war. »Kannst du mir helfen, ihn wieder einzufangen?«

Chico nickte. »*Sí, claro.*«

Erneut sah Bibi die gehexte Silhouette von Allegro vor sich und riss erschrocken die Augen auf. »Oh, nein!«

»Was ist denn los?«, fragte Chico.

Bibi antwortete alarmiert: »Ich glaub, er ist auf dem Weg nach Rotenbrunn!« Besorgt trieb sie ihre Stute an. »Los, Sabrina!«

Gemeinsam galoppierten die beiden der Vision hinterher.

Im Büro von Radio Flamingo musste Funky Fröhlich zugeben, dass ihr Praktikant genau richtiggelegen hatte mit seiner Wettervorhersage. Sie hatte einen Anruf vom Deutschen Wetterdienst bekommen, der sich für seinen Fehler entschuldigte. So was hatte Funky noch nie erlebt. Dass sie Alex deswegen Vorwürfe gemacht hatte, vergaß sie allerdings schnell wieder und jubelte stattdessen:

»Radio Flamingo hat mal wieder die Nase vorn!« Aufgekratzt fügte sie gegenüber Alex an: »Und das mit diesen Bienen musst du mir unbedingt noch mal erklären.«

In diesem Moment kam Radiotechniker Paul mit einem Zettel herein. »Eilmeldung, Chefin.«

»Mein Job!«, rief Alex, nahm ihm flugs den Zettel ab und marschierte damit ins Studio. Motiviert ging er auf Sendung und las: »Hier ist Radio Flamingo mit einer Eilmeldung: Ein reiterloses Pferd prescht über die B 611 und nähert sich der Stadt Rotenbrunn.« Er stutzte. Wie bitte?

Als Allegro in Rotenbrunn auftauchte, herrschte dort helle Aufregung. Der Rappe galoppierte durch die Gassen zum Marktplatz. Erschrocken sprangen einige Passanten zur Seite, als er an ihnen vorbeipreschte. Erst auf der Ausfahrtstraße holten ihn Bibi und Chico ein.

Die Eilmeldung im Radio hörte auch eine vierköpfige Familie, die mit ihrem Auto in Richtung Rotenbrunn unterwegs war. Vor ihnen fuhr ein Kieslaster und sie kamen nur schleppend voran, was die beiden Brüder auf der Rückbank sichtlich nervte. Auch ihre Mutter, die am Steuer saß, murrte. »Ich glaub, wir sind hier falsch!«

»Ich hab doch alles ins Navi eingegeben«, widersprach ihr Mann vom Beifahrersitz.

»Aber vielleicht nicht richtig«, schimpfte sie weiter.

Woraufhin ihr Mann genervt den Kopf schüttelte. »Bitte, dann fahr halt querfeldein.«

»Habt ihr euch etwa verfahren?«, quengelte von hinten der jüngere Sohn.

»Wie immer müsst ihr euch wieder streiten ...«, ätzte der ältere Bruder schlecht gelaunt.

Ihre Mutter seufzte. »Ach, Mensch, Kinder, jetzt seid doch mal ruhig. Ich muss mich konzentrieren! Und dieser Kieslaster vor uns!« Angespannt setzte sie zu einem Überholmanöver an.

Plötzlich zuckte ihr Mann zusammen: »Da kommt ein Pferd auf uns zu!«

»Hmmm, klar!«, kommentierte sein älterer Sohn ironisch.

Doch sein Vater wiederholte mit noch mehr Panik in der Stimme: »Da kommt ein Pferd auf uns zu!«

In diesem Moment sahen alle vier Allegro, der direkt auf sie zugaloppierte, und schrien: »Ahhhhhhhhh!«

Folge 8

ALLES IM EIMER

In letzter Sekunde

Mit wehendem Schweif stürmte Allegro über die Landstraße. Plötzlich tauchte neben dem Kieslaster dieses Auto auf und versperrte ihm jeden Ausweg!

Bibi und Chico waren Allegro auf den Fersen. Als Bibi begriff, dass der Hengst und die beiden Fahrzeuge ungebremst aufeinander zustürmten, erhob sie ihre Arme und hexte schnell: »Eene meene Hühnerdreck, die Autos kommen nicht vom Fleck. Hex-hex!«

Keine Sekunde später blieben der Laster und das Auto abrupt stehen – und auch Allegro wechselte die Gangart. Knapp vor dem Auto kam er zum Halt, da kein Durchkommen für ihn war.

Bibi und Chico atmeten erleichtert auf. Schnell ritt Chico zu dem Hengst, sprang aus dem Sattel und griff umsichtig nach seinem Halfter. Dabei sprach er beruhigend auf ihn ein. »Calmate, muchacho, beruhige dich ... Somos Amigos. Wir sind doch Freunde.« Endlich war das Pferd wieder in Sicherheit!

Die Insassen der gestoppten Autos fanden es überhaupt nicht lustig, dass sie jetzt offenbar gar nicht mehr vorankamen, gerettetes Pferd hin oder her. Wütend wollte der Familienvater Bibi zurechtweisen, als diese kurz entschlossen erneut die Arme hob und hexte: »Eene meene grüne Grillen, die Autofahrer wollen chillen. Hex-hex!«

Plötzlich wirkte die Familie völlig entspannt. Dass sie mitten auf der Landstraße feststeckten, schien ihnen mit einem Mal überhaupt nichts mehr auszumachen. Im Gegenteil! Der Vater blickte zufrieden zu seiner Frau. »Das sollten wir öfter machen! Ohne Navi fahren!«

»Einfach so im Auto sitzen ...«, bemerkte die Mutter gelassen.

»Viel besser als zu Hause«, fand auch ihr älterer Sohn.

Bibi ritt zu Chico und Allegro, der zum Glück unverletzt schien. Doch jetzt sollten sie schnellstens zurück zum Martinshof reiten. Der Himmel hatte sich weiter zugezogen. Die Windböen wurden stärker und in der Ferne war ein lautes Donnergrollen zu hören.

Bibi beobachtete Chico, als sie mit Allegro als Handpferd über die Wiesen ritten. Er wirkte immer noch ziemlich bekümmert.

»Was hat Graf Falko denn gesagt?«, fragte Bibi ihn schließlich.

Chico winkte ab. »Vergiss es.«

Bibi schaute ihn überrascht an. »Ich dachte, du hast mit ihm geredet?«

»Graf Falko will mich nicht als Sohn«, antwortete Chico und sah dabei starr geradeaus. Mit finsterer Miene fügte er an: »Vielleicht war es doch etwas voreilig, ihn damit zu überfallen.« In seiner Äußerung schwang ein leiser Vorwurf mit.

»Das tut mir leid!« Bibi hatte mit einem Mal ein schlechtes Gewissen, denn sie hatte ihn ja unter Druck gesetzt, es dem Grafen möglichst schnell zu sagen.

Chico nickte grimmig. »Ja, das bringt mir jetzt auch nicht viel.« Er trieb Tricky an, mehr Tempo zu machen. »Wir sollten uns vielleicht etwas beeilen. Es fängt bald an zu stürmen!«

Als ein mächtiger Donner ertönte, galoppierten sie los. Viel zu sagen gab es sowieso nicht mehr ...

Der letzte Abend am Meer

Mit einem voll beladenen Tablett in der Hand betrat Dagobert die Bibliothek.

Der Hausherr lag mit bekümmerter Miene auf dem Sofa und hing seinen Gedanken nach.

Mit wissendem Blick stellte Dagobert das Tablett

ab und reichte seinem Herrn eine Tasse, aus der leichter Dampf aufstieg. »Herr Graf, Ihre Salbei-Honig-Mohn-Milch. Das wird Sie beruhigen.«

Graf Falko nickte erfreut und setzte sich auf. »Ja, danke, Dagobert! Wissen Sie, ich bin vollkommen ...« Er stockte. Es fiel ihm meistens schwer, über seine Gefühle zu sprechen. Die Geschichte mit Chico hatte ihn vollkommen überrumpelt, und in seinem Kopf ging alles durcheinander. Hilflos blickte er zu Dagobert. »So kenne ich mich gar nicht.« Aufgeregt rührte er seine Milch um.

Dagobert setzte sich neben ihn und ergriff seine Füße. In ganz schlimmen Fällen half nur noch eine entspannende Fußmassage. Dagoberts Zurückhaltung zeichnete ihn aus. Aber er wollte dem Grafen natürlich helfen, Klarheit in seine Gedanken zu bekommen, und fragte deshalb: »Sie waren doch mal in Andalusien?«

»Ja, natürlich«, antwortete Graf Falko. »Um Pferde zu kaufen!«

»Das weiß ich wohl«, antwortete Dagobert. »Aber wie kommt Chico darauf, dass Sie sein Vater sein könnten?«

Mit einem Mal entfuhr Graf Falko ein fast hysterisches Lachen, das so schnell endete, wie es ausgebrochen war. Er trank einen Schluck Milch, schaute dann etwas verlegen zu Dagobert und sagte: »Elena!«

»Elena?«, fragte Dagobert nach.

»Elena Montoya«, erklärte Graf Falko. »So hieß die Pferdezüchterin.«

Dagobert zog eine Augenbraue hoch. »Tatsächlich?«

Graf Falko räusperte sich verlegen. »Elena war eine sehr schöne Frau.« Schnell fügte er an: »Aber unsere Beziehung war rein geschäftlich.«

Dagobert lächelte wissend.

Graf Falko nickte versonnen. »Unser letzter Abend am Meer. Wir haben das eine oder andere Glas Rotwein getrunken ... am Strand.« Er runzelte die Stirn. »Und dann erinnere ich mich nur noch, dass ich am nächsten Tag aufgewacht bin.«

Dagobert nickte. »Ja, das macht man immer. Danach ...«

Graf Falko schaute ihn erstaunt an. »Danach?« Was wollte er ihm damit sagen?

»Aber was geschah?«, versuchte Dagobert ihm auf die Sprünge zu helfen. »Hören Sie doch mal in sich hinein.«

»In mich hinein?«, antwortete Graf Falko empört. »Was soll ich denn da hören, Dagobert? Apropos hören, holen Sie mir mal den Hörer.«

Dagobert nickte höflich und stand auf. Auch wenn er immer noch nicht erfahren hatte, was damals tatsächlich alles passiert war.

Er reichte Graf Falko das Telefon. Doch der Graf

war so durcheinander, dass er es zu Boden fallen ließ. Dagobert hob es kommentarlos auf.

Graf Falko seufzte. »Sehen Sie, ich ... ich kann ja nicht mal ...«

Der Graf stand wirklich neben sich. Aber um mehr zu erfahren, wollte er nun unbedingt mit Elena persönlich sprechen.

Raus damit!

Im Stall des Martinshofs half Alex Tina, die Pferde von der Koppel zu versorgen. Tina machte sich daran, Amadeus zu putzen. Dabei wartete sie besorgt auf Bibis Rückkehr, denn der Sturm hatte inzwischen zugenommen. Aber Alex war zuversichtlich, dass Bibi nichts passiert war. Der doch nicht!

Tina zögerte, bevor sie vorsichtig nachfragte: »Weshalb warst du eigentlich so sauer auf Chico? Er ist doch ein super Typ.«

Alex verzog sein Gesicht. »Du redest wie mein Vater.«

Tina stotterte: »Was? Nein, ich wollte nur ... also ... ist echt schwer ... das wird vielleicht ein riesiger Schock für dich!«

Alex starrte sie entgeistert an. »Du ... willst dich jetzt ja nicht trennen, oder?«

Tina rief: »Nein!« Sie räusperte sich. Sie wollte Alex so gern sagen, was sie wusste. Was sie ja nicht durfte. Aber ihn vorbereiten konnte sie, fand sie jedenfalls, und schaute ihn bedeutsam an. »Es ... gibt nur ... eine Überraschung für dich.«

»Okay ... was denn?«, fragte Alex. Langsam wurde er doch neugierig, worauf Tina hinauswollte.

In diesem Moment hörten sie Bibi von draußen rufen und eilten ihr auf dem Hof entgegen. Die Bäume bogen sich im Sturm, und Bibi hatte alle Mühe, Sabrina und Allegro in den Stall zu führen. Tina nahm ihr Allegros Zügel ab und sah Bibi erleichtert an. Gerade noch geschafft!

»Schnell, Tür zu!«, rief Bibi Alex zu, nachdem auch Chico und Tricky angekommen waren.

Gerade noch rechtzeitig, bevor die nächste Sturmböe das Tor erfasste, konnte Alex es schließen.

Der Sturm wurde immer heftiger. Nun flogen die ersten Äste über den Hof. Holger blickte besorgt zum Küchenfenster hinaus. Finn und Elli machte es nichts aus, dass sie den Nachmittag im Haus verbringen mussten, denn sie spielten mit Billy the Kid, der ausnahmsweise in der Küche sein durfte. Nur Malaika saß etwas unruhig am Tisch, das Wetter war ihr unheimlich. Zum Glück war Holger bei ihnen!

Tina sah Bibi fragend an, während sie gemeinsam Sabrina absattelten.

»Was ist denn jetzt? Sagt er es Alex?«, fragte sie leise.

Bibi zuckte mit ihren Achseln. »Er hat mit Graf Falko geredet, aber der war nicht so begeistert. Vielleicht reist Chico jetzt ab.«

Tina schaute sie erschrocken an. »Wie blöd wär das denn?«

Damit wäre wirklich niemandem geholfen. Bibi nickte unglücklich und nahm den Sattel.

Tina überlegte. Das mussten sie verhindern!

Chico war damit beschäftigt, Trickys Sattel wegzuräumen, als sich Tina zu ihm stellte. »Bibi hat es nur gut gemeint. Es war richtig, dass du zu Falko gegangen bist.«

Chico starrte sie erstaunt an. Dann schüttelte er enttäuscht den Kopf. »Ich habe sie gebeten, nichts zu sagen.«

»Das geht nicht«, verteidigte Tina Bibi. »Wir sind beste Freundinnen.« Fragend schaute sie Chico an. »Wann sagst du es Alex?«

»Gar nicht«, antwortete Chico knapp. »Was hat er davon?«

»Wenn du wirklich sein Bruder bist...«, setzte Tina an.

»Ja, bin ich«, unterbrach Chico sie unwirsch.

»Dann hat er ein Recht darauf«, fuhr Tina fort. Kämpferisch fügte sie an: »Sonst mach ich es.«

Chico ging jetzt genervt zu Bibi. »Genau deshalb hab ich dich gebeten, dich rauszuhalten. Tina will es Alex sagen.«

Warum nur hatte Bibi es Tina erzählt! Erschrocken wandte Bibi sich zu ihrer Freundin. »Tina, bitte nicht. Es ist doch eh schon alles meine Schuld.«

»Wenn einer Schuld hat, dann ja wohl der Graf«, erwiderte Tina mit grimmiger Miene.

Da öffnete sich die Stalltür und Alex, der draußen das Putzzeug vor dem Sturm in Sicherheit gebracht hatte, kehrte zurück.

Chico verschränkte abwehrend die Arme vor der Brust. Nicht auch noch der!

Aber Alex ignorierte die angespannte Stimmung, denn er wollte jetzt endlich erfahren, worüber sie die ganze Zeit redeten. »Alles klar, Freunde, was ist los? Ihr wuselt hier hin und her, und ich weiß, ihr habt eine Überraschung geplant. Aber es ist weder mein Geburtstag noch Weihnachten oder Nikolaus.« Erwartungsvoll schaute er sie an: »Raus damit!«

Chico wandte sich zu Bibi und Tina. »Schönen Dank auch!« Dann atmete er tief durch und sagte zu Alex: »Okay, pass auf, die Sache ist die ... ich bin dein Bruder.«

Alex starrte ihn fassungslos an. »Bitte was?«

Dann schaute er zu Bibi und Tina. Das konnte ja kaum wahr sein.

Doch Bibi nickte bestätigend. Und Tina rief mit wenig überzeugendem Lächeln: »Überraschung!«

Was ist mit Alexander?

Während auch um Schloss Falkenstein der Sturm pfiff und Donner grollten, versuchte Graf Falko immer noch, die Telefonnummer von Chicos Mutter Elena ausfindig zu machen. Im Beisein von Dagobert rief er aufgeregt ins Telefon: »Yes, hello. I want to talk to the andalusische Einwohnermeldeamt. Ähm, the Andalusian, äh ... Registrat ... Oficina ... office of administracion. Sí, sí!«

Doch plötzlich wurde die Verbindung unterbrochen.

»Hallo? Hola?!« Erstaunt sah der Graf seinen Butler an. »Die Leitung ist tot!«

»Vielleicht hat der Blitz eingeschlagen«, vermutete Dagobert.

Graf Falko protestierte aufgebracht: »Ach was! Das ist ein Komplott! Eine Verschwörung ist das.«

»Wäre es denn so schlimm, wenn Chico Ihr Sohn wäre?«, versuchte Dagobert den Graf zu beruhigen. »Er ist doch ein wohlerzogener junger Mann.«

»Darum geht es doch gar nicht«, rief Graf Falko. »Ich hab einen Ruf zu verlieren, Dagobert! Die Leute reden doch! Ich will gar nicht wissen, was sie sagen.« Er stockte. »Und vor allem ... was ist mit Alexander?!« Offensichtlich bereitete ihm das die meisten Sorgen. Wie würde sein Sohn auf diese Nachricht reagieren?

Tatsächlich war Alex von Chicos Enthüllung ziemlich geplättet. Erst langsam sickerte in sein Gehirn, was Bibi, Tina und Chico ihm da beizubringen versuchten. Ziemlich blass um die Nase starrte er den Spanier an und fragte: »Das ist wirklich dein Ernst, ja?«

Chico nickte betreten.

Alex stotterte: »Aber wann ...? Also ... wie ... wo?«

Chico seufzte. »Okay, pass auf: Mein Vater ... oder unser Vater ...« Kein guter Anfang, wie er beim Anblick von Alex' bestürzter Miene bemerkte. Hastig versuchte es Chico noch einmal anders zu erklären: »Okay, meine Mutter, Elena Montoya, ist Pferdezüchterin ...«

Bibi und Tina horchten auf.

»Montoya?«, fragte Tina. »Ich dachte, du heißt ›de la Mancha‹?«

Chicos Gesicht rötete sich ein wenig. »*Disculpa*, ja ... das war ein bisschen geflunkert ...« Verlegen fügte er gegenüber Alex an: »Auf jeden Fall hat dein

Vater damals bei ihr Pferde gekauft, und da hat sie sich in ihn verliebt.«

Alex schüttelte den Kopf. »Das kann ich mir wirklich nicht vorstellen.«

Tina verzog ihr Gesicht. »Ich mir irgendwie auch nicht!«

Chico beteuerte: »Das stimmt wirklich! Das steht alles im Tagebuch meiner Mutter. Und Graf Falko hat ihr damals sogar einen Liebesbrief geschrieben.«

»Das hast du einfach alles gelesen?«, fragte Tina erstaunt.

Chico wurde jetzt noch verlegener. Ihn machte außerdem traurig, dass sie ihm nicht glauben wollten.

Bibi blickte ihn mitfühlend an. »Okay, aber warum hat sich deine Mutter dann nie bei Graf Falko gemeldet?«

»Sie ist eine sehr stolze Frau«, antwortete Chico. »Vielleicht wollte sie es alleine schaffen?« Er nickte, als wollte er es sich selbst bestätigen. »Nicht, dass es heißt, sie habe es nachher nur auf sein Geld abgesehen.«

An den Blicken von Alex und Tina konnte er ablesen, dass sie immer noch nicht überzeugt waren. »Ihr müsst mir ja nicht glauben.« Er winkte enttäuscht ab.

Doch Bibi stellte sich vor ihn und blickte ihm fest in die Augen. »Aber ich glaube dir.«

Chico erwiderte ihren Blick und lächelte. Für einen Augenblick vergaßen sie alles, was um sie herum geschah.

Erst ein lautes Wiehern holte sie in die Gegenwart zurück. Die schwangere Stute Lotti!

Tina horchte erschrocken auf und fragte: »Was ist denn mit Lotti los?«

Schnell liefen die vier hinüber zu Lottis Box. Chico öffnete vorsichtig das Gatter und ging mit Tina in die Box.

Alex war immer noch völlig durcheinander. Er zog Bibi zurück in die Stallgasse, um mit ihr zu sprechen: »Ihr hättet ja mal was sagen können!«

»Aber Chico wollte es dir selber sagen«, verteidigte sich Bibi.

Das Fohlen kommt

Frau Martin kam in diesem Augenblick in den Stall, um nachzusehen, ob das Wetter die schwangere Stute beunruhigte.

Chico, der bereits neben Lotti hockte und sie beruhigend streichelte, war erleichtert, als Tinas Mutter die Box betrat. Er hatte bemerkt, dass die Fruchtblase geplatzt war, was bedeutete, dass die Geburt kurz bevorstand. Frau Martin kauerte sich neben ihn, um sich über Lottis Zustand Klarheit zu verschaffen.

Alex stand währenddessen immer noch mit Bibi draußen vor der Box. Der Schock saß noch tief. »Das ist echt krass!«

Bibi blickte ihn mitfühlend an. »Ja, ich weiß! Aber was denkst du?«

Alex zuckte mit den Achseln. »Keine Ahnung! Das ist einfach ... na ja ... alles neu.«

In Lottis Box untersuchte Chico die schwangere Stute und teilte Frau Martin alarmiert mit: »Irgendetwas stimmt nicht. Ich glaube, das Fohlen liegt falsch herum.«

Frau Martin nickte. Das war auch ihre Befürchtung. »Ja, wir brauchen Dr. Eichhorn. Wenn das Fohlen feststeckt, weil Lotti zu schwach ist, dann ...«

Tina, die Lottis Kopf streichelte und ihr beruhigend zusprach, schaute sie besorgt an.

Frau Martin seufzte betroffen. »Dann kann das Fohlen im Mutterleib ersticken ...« Vorsichtig stand sie auf, um Lotti nicht zu erschrecken, und rannte aus dem Stall, um Dr. Eichhorn anzurufen.

Bibi und Alex standen immer noch in der Stallgasse und redeten. »Dein Vater will Chico nicht als Sohn«, sagte Bibi.

Alex reagierte überrascht. »Mein Vater fand bisher doch alles super, was Chico gemacht hat.« Was ihn ja auch oft genug genervt hatte.

»Stimmt«, pflichtete ihm Bibi bei.

»Warum will er ihn dann nicht?«, hakte Alex nach.

Bibi zuckte hilflos mit den Achseln. »Keine Ahnung!« Aber sie wollte natürlich auch wissen, warum Graf Falko Chico nicht als Sohn akzeptieren wollte. Das brachte sie auf eine Idee. »Warum fragen wir ihn nicht einfach?« Ohne Alex' Antwort abzuwarten, fuhr sie fort: »Glaubst du, der ist auf dem Schloss?«

»Wo sonst?«, entgegnete Alex. Wenn er ehrlich war, hatte er wenig Lust, mit seinem Vater zu reden. Und wie sollten sie in dem Sturm zum Schloss kommen? Der Wind pfiff immer lauter um den Stall herum. Alles, was nicht niet- und nagelfest war, klapperte bedrohlich.

Doch Bibi hatte ihre Arme schon erhoben und hexte: »Eene meene Knall auf Fall, vom Schloss kommt Falko in den Stall. Hex-hex!«

Graf Falko stand gerade in der Bibliothek auf der Leiter und suchte im Regal nach den Unterlagen über die andalusischen Pferdekäufe. Vielleicht ließ sich ja dort mehr über Elena erfahren.

Da ergriff ihn plötzlich ein Sog, und im nächsten

Augenblick fand er sich im Stall wieder. Er starrte seinen Sohn und Bibi an und rief empört: »Bibi! Du kannst mich doch nicht einfach herhexen!«

»Natürlich kann ich das. Und ich muss es auch«, sagte Bibi.

»Ja, Vater!«, gab Alex ihr recht.

Frau Martin, die in diesem Augenblick wieder in den Stall zurückkehrte, begrüßte den Grafen erstaunt. »Falko! Was machst du denn hier?«

»Eine gute Frage, Susanne, eine sehr gute Frage!«, antwortete Graf Falko erbost.

Doch Frau Martin hatte gerade ganz andere Sorgen. »Du musst mir helfen«, bat sie Bibi. »Ich kann Dr. Eichhorn nicht erreichen, und ich glaub, die Leitungen sind tot.«

Graf Falko nickte. »Ja. Das habe ich auch schon gemerkt.«

Frau Martin schenkte ihm keine Beachtung. »Kannst du das machen? Es ist eine absolute Ausnahme. Aber es geht ja darum, Lotti zu helfen«, bat sie Bibi.

Bibi nickte. Selbstverständlich wollte sie helfen, und sie erhob ihre Hände zum Hexen. »Eene meene blaues Meer, der Tierarzt von Zuhaus' hierher. Hexhex!«

Verdutzt stand plötzlich Dr. Eichhorn in Lottis Box – allerdings im Bademantel! »Bibi, ich wollte gerade baden!«, rief er.

»Hast du das Wasser ausgestellt?«, fragte Frau Martin gleich besorgt. Als der Tierarzt nickte, lächelte Frau Martin erleichtert. »Gut. Entschuldige bitte, Robert, aber es ist ein absoluter Notfall. Lotti bekommt ihr Fohlen und es liegt falsch herum.«

Der Tierarzt war ein Mann der Tat. Er wandte sich Bibi zu und verlangte: »Bibi! Hosen!«

Sofort kam Bibi seinem Wunsch nach und hexte: »Eene meene rote Rosen, her jetzt mit den tollen Hosen. Hex-hex!«

Woraufhin der Tierarzt plötzlich in einer Glitzerhose vor ihr stand!

Ungehalten schüttelte Dr. Eichhorn den Kopf. »Nicht die Feierabend-Hose!« Aber warum sich aufregen? Darin konnte er natürlich auch arbeiten. Jetzt fehlte nur noch seine Arzttasche, die Bibi rasch mit ihrem Spruch »Eeene meene Superstar, die Tasche ist auch noch da. Hex-hex!« hinterherholte.

So ausgerüstet, näherte Dr. Eichhorn sich vorsichtig Lotti. Schnell rückten Tina und Chico beiseite und ließen den Tierarzt Lottis Bauch abtasten.

»Es muss andersherum liegen!«, stellte auch er fest, und er machte sich nun daran, das Fohlen in Lottis Bauch zu drehen. »So, Lotti ... Ganz ruhig. Wir kriegen es schon umgedreht.«

Tina, Chico und Frau Martin gingen ihm zur Hand.

Und auf einmal bemerkte Alex, dass sein Vater verschwunden war.

Alles im Eimer

Graf Falko wusste nicht, ob er froh sein sollte oder empört, dass ihm niemand mehr Beachtung schenkte. Auch sein Sohn und Bibi beobachteten angespannt, was da in Lottis Box geschah, und so hatte er unbemerkt den Stall verlassen. Draußen stemmte er sich gegen den Wind. Aber das war erst der Anfang. Von Minute zu Minute schien der Sturm noch heftiger zu werden und wirbelte Staub, kleine Äste, Heu und Stroh durch die Luft. Plötzlich raste auch noch ein Eimer auf den Grafen zu und landete scheppernd direkt auf seinem Kopf. Graf Falko gab auf. Er stolperte samt Eimer, und damit ohne Sicht, wieder zurück zum Stall.

In Lottis Box bemühte sich Dr. Eichhorn unterdessen nach allen Regeln der Tierarztkunst um Lotti. Zum Glück war Lotti eine erfahrene, nervenstarke Stute. Sie spürte wohl, dass man ihr helfen wollte, und ließ alles mit sich geschehen. Denn das Fohlen musste in die richtige Position gedreht werden, mit den Vorderfüßen nach vorne, darauf den kleinen Kopf gepresst. Endlich lag es richtig. Dann brachte Dr. Eichhorn Lotti behutsam dazu, sich hinzulegen. Während Tina vorne den Kopf der Stute streichelte und ihr beruhigend zuredete, bemühte sich Dr.

Folge 6

Bibi und Tina organisieren einen Spieleabend!

Voller Vorfreude dreht Graf Falko die Flasche.

Haben Tina und Alex etwa Stress?

Auch Freddy will mit den Freunden im Stroh übernachten.

Nach dem Spieleabend ist Bibi sehr nachdenklich.

Folge 7

Tina begrüßt Alex, der gerade auf dem Weg zum Interview mit Dagobert ist.

Bibi ist immer noch angespannt.

Alex macht ein Interview mit Dagobert, der Bienen züchtet.

Bibi hext, dass Alex die Bienen verstehen kann.

Allegro ist ausgebrochen!

Folge 8

Bibi und Chico holen Allegro ein.

Lottis Fohlen kündigt sich an.

Bibi hext Dr. Eichhorn in den Stall und verpasst ihm eine schicke Hose.

Alles im Eimer!

Der Sturm hat den Martinshof verwüstet.

Der Graf freut sich über seine beiden Söhne.

Folge 9

Der Graf lädt in den Dorfkrug ein.

Bibi hat Chicos Mutter Elena eingeladen.

Bibi hext, um den Grafen zu unterbrechen.

Graf Falko kommt in seiner Rede nicht weiter.

Wo ist Chico?

Bibi gibt Chico das Gefühl, dass Freunde auch Familie sind.

Folge 10

Bibi ist begeistert über die tollen Ideen für das Festival.

Tina checkt das Line Up für die Show.

Auch Chico hilft tatkräftig mit.

Alexander und Chico machen den Soundcheck.

Kim Win Win ist Bibis Einladung gefolgt.

Bibi hat einen Plan!

Die kleine Hexe hext alle zusammen in die Zukunft.

In einer öden Abbaulandschaft finden sich die »Geschäftspartner« wieder.

Nach der Rückkehr feiern die Falkensteiner begeistert zusammen.

Auch Bibi und Tina sind total erleichtert!

Eichhorn hinten mit Susanne Martins Hilfe, Lotti bei der Geburt zu unterstützen. Dazu musste ein Seil um die Vorderbeine des Fohlens geschlungen und bei jeder Wehe vorsichtig daran gezogen werden.

Diesmal bekam Alex es mit, als sich die Stalltür öffnete. Überrascht sah er seinen Vater mit einem Eimer auf dem Kopf hereinwanken. Er stöhnte genervt auf, lief zu ihm und schloss die Stalltür. »Was ist denn jetzt schon wieder?«

Blechern drang die Stimme des Grafen unter dem Eimer hervor: »Ich will zurück nach Schloss Falkenstein!«

Alex verstand ihn kaum. »Was willst du? Kannst du bitte den Eimer abnehmen?« Er griff nach dem Rand des Eimers.

Doch Graf Falko wich einen Schritt zurück und schüttelte den Kopf samt Eimer. »Stopp! Stopp! Stoppstoppstopp! Alles bleibt, wo es ist!«

»Was?«, fragte Alex. Ihm ging langsam die Geduld aus. Was zog sein Vater hier für eine Show ab?

Mit einem Ruck nahm Graf Falko den Eimer vom Kopf: »Ich möchte, dass der Eimer bleibt, wo er ist! Mein Leben ist sowieso im Eimer und diese Perspektive hat durchaus ihre Vorzüge. Ich sehe nichts und mich sieht auch niemand.« Und damit stülpte er sich den Eimer wieder über den Schädel.

»Vater, du kannst dir doch nicht einfach einen Eimer aufsetzen und weglaufen, wenn es ein Problem gibt«, antwortete Alex. »Chico ist nun mal dein Sohn, steh gefälligst dazu.« Kaum hatte er dies gesagt, wurde ihm klar, dass er seinen neuen Bruder längst akzeptiert hatte.

Obwohl er Graf Falkos Gesicht nicht sehen konnte, spürte Alex, dass sein Vater überrascht war.

»Du weißt davon?«, tönte es dumpf.

Alex nickte. »Ja, ich weiß es. Und kannst du jetzt bitte den Eimer abnehmen?«

Endlich kam Graf Falko der Aufforderung nach und zog den Eimer vom Kopf. Er sah Alex fragend an.

Alex blickte ihm ruhig in die Augen. »Ich freue mich! Ich wollte schon immer einen Bruder, und das weißt du auch. Deswegen verstehe ich nicht, warum du ihm nicht einfach eine Chance geben kannst?«

»Entschuldige bitte, dass ich überfordert bin, weil ich plötzlich noch einen Sohn haben soll«, antwortete Graf Falko unwirsch.

»Ach, aber damals in Spanien warst du nicht überfordert?«, entgegnete Alex. Es war ihm egal, dass der Graf ihn empört anschaute. »Manchmal muss man der Wahrheit eben ins Gesicht sehen und dazu stehen. Alles andere ist nämlich ganz schön feige.«

»Bitte mäßige deinen Ton, mein Sohn!«, entgegnete Graf Falko.

Alex schüttelte den Kopf und antwortete laut und entschieden: »Ich mäßige meinen Ton jetzt nicht! Du redest immer so viel von Ehrlichkeit, aber wenn's dann drauf ankommt, dann knickst du ein wie ein nasser Sack.«

Graf Falko erhob seine Stimme. »Also, das ist ja wohl ...«

Plötzlich stand Frau Martin zwischen ihnen. »Ist hier endlich mal Ruhe jetzt!«, schimpfte sie aufgebracht. »Lotti bekommt da drinnen gerade ihr Fohlen. Noch ein Wort und ich setz euch vor die Tür!« Eilig kehrte sie zurück in die Box.

Jetzt fühlte sich Graf Falko erst recht ungerecht behandelt.

Doch Alex war noch nicht fertig mit ihm. »Du bist so ein Egoist! Dann will ich eben auch nicht mehr dein Sohn sein. Diesmal enterbe ich dich von mir. Was kann Chico denn dafür?«

Betroffen schaute Graf Falko in die angespannten Gesichter von Bibi und Chico, die die ganze Auseinandersetzung beobachtet hatten. Langsam machte er einen Schritt auf Chico zu, dann noch einen und noch einen ...

Schritt für Schritt kam auch Dr. Eichhorn in Lottis Box voran. Denn tatsächlich war es bald so weit.

Dr. Eichhorn zog an dem Seil und rief dabei: »Eins, zwei, drei! Lotti, du musst mitmachen!«

Graf Falko stand nun inzwischen vor Chico und räusperte sich. »Nun, da Alexander sich freut und alle anderen anscheinend auch ...«, fing er an und warf Alexander und Bibi einen Blick zu. Jetzt wusste auch er, was richtig war! Graf Falko nickte Chico zu und bemühte sein Spanisch, was ihm ziemlich gut gelang: *»Bienvenido a la familia, querido Chico!«* Lächelnd übersetzte er: »Willkommen in der Familie, lieber Chico!«

»Es ist ein kleiner Hengst!«, ertönte es in diesem Augenblick von Dr. Eichhorn aus der Box. Graf Falko, Alex und Chico drehten ihre Köpfe zur Box. Das Fohlen hatte endlich das Licht der Welt erblickt!

Graf Falko strahlte jetzt regelrecht und knuffte Chico gerührt in die Seite. »Ich habe einen zweiten Sohn! Zwei Söhne! Ich muss es in die Welt hinaustragen!« Der Graf legte seinen beiden Söhnen die Arme um die Schultern und zog sie an sich. Dann löste er sich wieder und schaute die Jungs erneut an. »Zwei Söhne! Das Wunder der Geburt!«

Überschwänglich ergriffen die drei sich bei den Händen und begannen, vor Freude im Kreis zu tanzen.

Alles war so neu und so wunderschön! Dass zur gleichen Zeit, als Graf Falko einen zweiten Sohn und Alex einen Bruder bekommen hatte, auch das Fohlen zur Welt gekommen war, machte den Moment nur noch magischer.

In der Box beschnupperte Lotti erschöpft ihr Baby, das im Stroh lag. Sie stupste es vorsichtig an, als wollte sie es auffordern, aufzustehen. Unsicher versuchte das kleine Fohlen, sich aufzurichten. Endlich stand es auf allen vieren und machte wackelig seine ersten Schritte. Es wagte sich in die Welt.

Alex, Tina, Chico, Bibi und Susanne Martin standen am Rand der Box und beobachteten gerührt, wie das Fohlen mit der Schnauze am Bauch seiner Mutter entlangtastete und zum ersten Mal bei ihr trank. Willkommen im Leben!

Das schien auch Graf Falko zu denken, der über die Schulter von Frau Martin die Tiere und seine Jungs anlächelte.

Vom Wind verweht

Mit der Geburt des Fohlens war auch der Sturm verebbt. Tina öffnete die Stalltür und trat als Erste nach draußen. Dort bot sich ein Bild der Verwüstung. Die Gatter um die Hühnerhäuser waren umgestürzt, Heu und Stroh überall verteilt, Werkzeuge und Eimer lagen herum, dazwischen hockten verunsichert die Hühner.

Hinter Tina traten Bibi, Alex, Chico, Graf Falko, Frau Martin und Dr. Eichhorn hinaus und schauten sich schockiert um. Es sah schlimm aus.

Tina seufzte. »Der Sturm hat ganz schön was angerichtet.«

Bibi nickte. »Ja. Drinnen und draußen.«

Frau Martin war angesichts des über den ganzen Hof verstreuten Heus mit ihren Nerven am Ende. »Nicht auch noch das! Nicht auch noch das Heu! Jetzt haben wir kein Futter mehr!«

Auch Dr. Eichhorn verließ den Stall und sah das Chaos. »Oh, ja, das sieht nach Arbeit aus! Ich glaub, ich muss nach Hause!« Die eigene Arbeit wartete. Und außerdem musste er sich unbedingt etwas Vernünftiges anziehen. Schon eilte er davon.

Verzweifelt betrat Frau Martin die große Scheune, in der sie das Heu aufbewahrt hatte, das nun überall herumgeflogen war. »Vom Wind verweht! Mein Martinshof!«, rief sie aus und hockte sich neben den Hühnerstall: »Ich kann nicht mehr. Mir gehen die Ideen aus!«

»Mutti!« Schnell eilte Tina zu ihr. So hatte sie ihre Mutter noch nie erlebt. Auch Bibi blickte mitfühlend zu ihnen.

Plötzlich meldete sich jemand zu Wort. »Investitionsstau? Vielleicht kann ich Ihnen ja doch helfen?«

Alle drehten sich verwundert um und entdeckten Kim Win Win, die wie aus dem Nichts aufgetaucht war.

Höflich nickend fügte sie an: »Ich spüre, wenn man mich braucht. Überlassen Sie mir Ihre Koppel und Sie sind alle Geldsorgen los.«

Bibi warf Kim Win Win einen scharfen Blick zu. Sie hatte geahnt, dass diese Frau nichts als Ärger brachte.

In diesem Moment löste sich auch noch das Scheunentor aus den Angeln und landete mit einem lauten RUMMS direkt vor Graf Falko auf dem Boden. Er starrte auf einen Bolzen in seiner Hand, den er gerade neugierig aus einem Scharnier gezogen hatte. Als er die Blicke der anderen spürte, versteckte er den Bolzen schnell hinter seinem Rücken und lächelte arglos.

Folge 9

FREUNDE SIND FAMILIE

Weil wir Brüder sind

Es dauerte noch den ganzen nächsten Morgen, bis auf dem Martinshof wieder Ordnung hergestellt war. Alle halfen beim Aufräumen. Ein Stapel Holzlatten war umgefallen, Holger inspizierte das Dach, der Zaun um die Hühnerhäuser musste aufgerichtet werden. Selbst der Esel aus Draht, der den Hof schmückte, war umgestürzt. Und mittendrin gackerten die Hühner, die in dem nassen Boden nach Nahrung suchten und ihr neu aufgebautes Haus besichtigten.

Frau Martin, die mit Holger das Scheunentor einhängte, bemerkte seufzend: »Vielleicht muss ich mir das mit dem Pachtvertrag für die Koppel wirklich noch einmal überlegen.«

»Kim hat gesagt, dass du sie jederzeit anrufen kannst!«, erwiderte Holger.

Tina horchte auf. »Was? Nein!«

»Die Koppel ist für die Pferde!«, widersprach auch Bibi.

»Ja ja! Reden ist einfach, Bibi! Soll ich euch mal zeigen, was passiert, wenn wir das nicht machen?«, fragte er und ging in die Box von Hoheit.

Bibi und Tina wechselten einen erstaunten Blick.

Vor allem, als Tinas Bruder im nächsten Augenblick mit dem Ziegenbock aus dem Stall kam und auf ihn zeigend bemerkte: »Verkaufen!«

Tina schaute ihn genervt an. »Spinnst du?« Auch Frau Martin fand das offensichtlich übertrieben.

Holger schüttelte den Kopf. »Nee. Und vielleicht nicht nur Hoheit! Wir haben kein Futter mehr für die ganzen Tiere!«

Mit einem Mal wurde Tina etwas klar, und sie fragte ihn ganz direkt: »Sag mal, hat das vielleicht irgendwas damit zu tun, dass du diese Kim cool findest? Oder warum trägst du andauernd diesen Schal?«

Bibi runzelte die Stirn. Ja, richtig, seit Tagen lief Holger mit diesem Schal rum. Kim hatte ihm den geschenkt?

»Was hat das denn mit Kim zu tun?«, entgegnete Holger unwirsch.

Tina wurde langsam richtig grantig. »Ja, ja, diese Kim.«

Auch Holger wurde immer fuchsiger. »Da kannst du dich schön raushalten, Tina! Das eine hat mit dem anderen nichts zu tun.«

Das schien seine Schwester aber ganz anders zu sehen.

Holger blickte sie sauer an. »Ich kümmere mich doch die ganze Zeit um den Hof!«

Wütend wollte Tina ihn unterbrechen, schließlich

stand auch sie in den Sommerferien ihrer Mutter zur Seite, und Bibi half ebenfalls ...

»Ruhe jetzt!«, mischte sich Frau Martin lautstark ein. Das hatte noch gefehlt, dass ihre Kinder sich stritten. »Das entscheide immer noch ich! Und bis dahin haben wir hier noch jede Menge zu tun.«

In diesem Moment kamen Graf Falko, Alex und Chico auf den Hof geritten. Alle drei waren bestens gelaunt.

Die Jungs ritten im Kreis um Bibi und Tina herum und sangen:

»Wir sind Alex und Chico,
ja, genau, das ist so,
wir reiten im Licht,
lassen uns niemals im Stich,
weil wir Brüder sind ...«

Amüsiert sangen Bibi und Tina mit: *»Weil wir Schwestern sind!«*

Es war schön, ihre beiden Freunde so glücklich zu sehen, denn es lenkte kurz ab von ihren Sorgen. Selbst Holgers Miene hellte sich auf.

Graf Falko verkündete: »Wir möchten euch nur kurz Bescheid geben, dass ich heute Nachmittag um 16 Uhr im Falkensteiner Dorfkrug öffentlich bekanntgeben werde, wie glücklich ich mich schätze, dass Chico nun zur Familie gehört. Für Speis und Trank ist gesorgt!«

Alex und Chico klatschten sich ab und riefen: »Brüder!«

Frau Martin lächelte amüsiert. »Falko, so kenn ich dich ja gar nicht.«

Der Graf antwortete geradezu ausgelassen: »Das Leben steckt eben voller Überraschungen! Das muss man akzeptieren, Susanne. Heute ist mir nichts zu teuer! Alles ist umsonst!« Schnell fügte er an: »Also kostenfrei bis 17 Uhr!«

»Kommt deine Mutter auch?«, fragte Bibi Chico.

Der junge Spanier schüttelte den Kopf. »Schade, ich hab sie gestern nicht erreicht. Und jetzt aus Spanien hierherzukommen ... Ich hätte sie gern dabeigehabt!«

»Das holen wir nach!«, rief Graf Falko. »Aber nun auf, meine Söhne! Wir wollen Chico unsere Ländereien zeigen. Als Erstgeborener steht er ja ganz oben in der Erbfolge und muss sich später um alles kümmern!«

Tina horchte perplex auf. »Wie bitte?«

Alex nickte freudig. »Ja klar! Weniger Besitz, weniger Verantwortung!«

»Bist du noch ganz dicht!?«, rutschte es Tina raus.

Doch Alex zuckte nur grinsend mit den Achseln. »Wir sehen uns später!«

Chico pflichtete ihm mit einem Blick zu Bibi bei. »Wir sehen uns! Vamos!«

»Sí, vamos!«, gab auch Graf Falko das Signal zum Aufbruch. Er hatte jetzt einen Spanier in seiner Familie, und das wollte er natürlich respektieren.

Schon ritten die drei los. Tina schaute ihnen verblüfft hinterher.

Bibi stieß ihre Freundin an. »Tja, Tina, das wird dann wohl doch nichts mit dem Leben auf dem Schloss.«

Tina zuckte betont cool mit den Achseln. »Ich will sowieso nicht in dem alten Kasten wohnen.« Als Bibi sie skeptisch musterte, fügte sie an: »Ich war bloß überrascht! Echt jetzt! Und Alex schien ja froh zu sein.«

»Apropos froh«, erwiderte Bibi. »Glaubst du, es gibt nicht doch noch eine Möglichkeit, Chicos Mutter rechtzeitig hier sein zu lassen? Wer weiß, vielleicht würde es Graf Falko ja auch freuen.«

Tina grinste. »Da müsste man ja glatt hexen, was?!«

Bibi grinste auch. »Ausnahmsweise.«

Elena Montoya

Vorsichtig schlichen sich Bibi und Tina in Chicos Zimmer und schauten sich um. Bibi brauchte irgendetwas von Chicos Mutter, womit sie sich zu ihr hexen konnte. Doch es herrschte ziemliches Chaos in dem Jungenzimmer. Und besonders wohl fühlten sich die beiden Mädchen auch nicht dabei, in Chicos Privatsachen herumzukramen.

Tina schnuppert an einer Stinkesocke. »Bäh ... Typisch Jungs!«

»Wie bei Hempels unterm Sofa«, fand auch Bibi.

Etwas in Chicos Rucksack erweckte Tinas Aufmerksamkeit: ein zusammengebundenes Buch, in dem auch lose Papiere und ein Brief aufbewahrt waren. Tina öffnete es behutsam und zog ein leicht vergilbtes Foto heraus, auf dem eine junge Frau und ein junger Mann abgebildet waren, die sehr verliebt wirkten.

»Sind das ...?«, fragte Tina zögerlich.

»... Chicos Mutter und Graf Falko?«, vollendete Bibi ihren Satz. »Da sieht er ja aus wie Alex.«

»Quatsch!«, entgegnete Tina.

»Aber hundert pro!«, beteuerte Bibi. »Sind sich ganz schön ähnlich, die beiden.«

»Jetzt hör auf!«, entgegnete Tina.

Doch Bibi sagte: »Je älter man wird, desto mehr ähnelt man seinem Vater.«

Tina rief: »Du machst mir Angst!«

Erst jetzt bemerkte Bibi, dass diese Vorstellung Tina tatsächlich Furcht einzuflößen schien, und sie versuchte das schnell geradezurücken: »Na ja, muss ja nicht ... aber wahrscheinlich schon.«

Tina seufzte. Na toll. Und Bibi erhob nun mit Blick auf das Foto ihre Arme und hexte: »Eene meene Foto hier, führt mich fix zu ihr. Hex-hex!«

Und schon stand Tina allein in Chicos Zimmer, während Bibi sich in der Weite Spaniens wiederfand. Ein wunderschönes schwarzes Pferd kam auf sie zugaloppiert.

Die Reiterin parierte direkt vor ihr durch und brachte das gehorsame Pferd zum Stehen. Verwundert fragte die Frau Bibi etwas auf Spanisch, was Bibi leider nicht verstand. Wahrscheinlich war sie überrascht, wo Bibi plötzlich so schnell hergekommen war.

Bibi erkannte Chicos Mutter sofort. »Ich komm in Frieden! *Paz?* Ich bin Bibi Blocksberg.«

Das schien Elena noch mehr zu verwirren. Sie fragte: »Was geht hier vor?«

Bibi lächelte erleichtert. »Sie sprechen Deutsch? Chico hat versucht, Sie zu erreichen. Er ist in Falkenstein.«

Elena stutzte. »Chico? Er ist bitte wo?«

»Na, bei seinem Vater!«, entgegnete Bibi.

Elena starrte Bibi nun völlig entgeistert an und schüttelte heftig den Kopf. »Nein, nein, nein! Das ist nicht möglich!«

»Äh, hat er Ihnen das nicht gesagt?«, fragte Bibi. »Ich kann Sie zu ihm bringen! Vertrauen Sie mir?« Dann streckte sie Elena ihre Hand entgegen, die nach kurzem Zögern einschlug.

Tina hatte unterdessen die Aufräumarbeiten auf dem Hof wieder aufgenommen, als plötzlich Bibi und Elena auf dem Platz erschienen. Erleichtert atmete sie auf.

Bibi deutete kurz um sich und zeigte dann auf Tina. »Also, das ist der Martinshof... und das ist Tina, meine allerbeste Freundin.«

Elena nickte höflich, um dann hastig und nervös anzuhängen: »Und wo ist Chico?«

»Wahrscheinlich im Gasthof«, antwortete Tina. »Um 16 Uhr will ja der Graf bekanntgeben, dass Chico sein Sohn ist.«

Elena stutzte. »Wer?«

»Graf Falko von Falkenstein ...?«, sagte Tina.

»Chicos Vater!«, setzte Bibi erklärend hinzu.

Elena winkte aufgeregt ab. »Nein, nein, nein! Ich muss sofort zu ihm! Wo sind die Pferde?«

Verwirrt zeigten Bibi und Tina zum Stall.

Elena nickte. »Okay! Kommt schnell!« Schon lief sie voran, Richtung Stall. Bibi und Tina folgten ihr.

Frau Martin und Holger, die gerade die letzten Holzlatten auf einen Hänger luden, beobachteten das verwundert.

Holger rief: »Hey, wir sind noch nicht fertig mit dem Aufräumen!«

»Wer ist diese Frau?«, fragte seine Mutter irritiert.

Holger schüttelte genervt den Kopf. »Ist ja mal wieder typisch!« Die Arbeit blieb an ihm hängen. Und diese Frau kannte er auch nicht.

Da ist doch was faul

Funky Fröhlich wunderte sich an diesem Tag, wo ihr Praktikant Alexander von Falkenstein blieb. Statt seiner las sie nun die gerade eingegangene Nachricht im Studio von Radio Flamingo vor: »Es ist 15 Uhr 45. Sie hören Radio Flamingo – hier ist Funky Fröhlich – werbefrei, wertfrei, einwandfrei. Gerade eben erreicht mich die Nachricht, dass im Falkensteiner Dorfkrug eine Veranstaltung stattfinden wird. Für Speis und Trank ist gesorgt bis 17 Uhr! Alle sind herzlich willkommen! Initiiert und gesponsert von Graf Falko von Falkenstein.« Sie stutzte, spielte schnell Musik ein und wandte sich zu ihrem Radiotechniker Paul. »Augenblick mal, ist das der Grund, warum Alexander fehlt? Unentschuldigt!? Und was war der Grund für diese großzügige Einladung?«

Paul, der gerade in sein Pausenbrötchen beißen wollte, zuckte mit den Achseln.

Funky Fröhlich griff eilig nach ihrem Mantel. »Da bin ich natürlich auch dabei! Paul, Sie übernehmen!«

Paul zuckte erstaunt zusammen und schluckte hastig den Bissen herunter. Immer dieser Stress!

Vor dem Gasthof trafen bereits die ersten Gäste ein. Darunter der Mühlenhofbauer und seine Bekannten Frau Sauer und Herr Mertens, die sich merkwürdigerweise alle mit dem gleichen Schal wie Holger geschmückt hatten. Der Mühlenhofbauer trug ihn in der Brusttasche, Frau Sauer locker um die Hüfte geschwungen und Herr Mertens als schickes Halstuch.

Aber das fiel Funky in ihrer Eile gar nicht auf. Schnell zückte sie ihr Mikro, hielt es dem Mühlenhofbauern unter die Nase und fragte: »Was glauben Sie denn, warum Graf Falko von Falkenstein heute in den Falkensteiner Dorfkrug lädt?«

Der Mühlenhofbauer, der sich gern wichtigmachte, antwortete verschwörerisch: »Na ja ... der Graf soll ja mächtig einen springen lassen.«

Frau Sauer machte ihrem Namen alle Ehre und kommentierte spitz: »Der ist doch sonst immer so geizig. Da ist doch was faul. Der will doch nur seine Pacht erhöhen.«

Aber der Mühlenhofbauer hatte noch eine andere Vermutung: »Ich könnte mir vorstellen, dass das Ganze noch einen ganz anderen Grund hat! Ich sag nur, Graues Gold!«

Funky starrte ihn erstaunt an. Herr Mertens schien zu ahnen, was der Mühlenhofbauer damit andeutete: »Wegen der Kiesgrube!«

»Kiesgrube?«, hakte Funky neugierig nach.

Herr Mertens nickte und konnte sich nicht verkneifen zu sagen: »Und am Ende macht der Graf wieder den größten Reibach. Typisch Adel!«

Bevor Funky nachfragen konnte, drängelte sich Freddy an ihnen vorbei. »So, jetzt mal Platz da. Interviewen Sie doch lieber mal die richtig wichtigen Menschen! Mich zum Beispiel.« Er war wie immer frech und gut gelaunt.

Doch Funky verdrehte nur die Augen. Was Freddy auch nicht weiter kümmerte. Gemeinsam mit den anderen Gästen drängelte er nun eilig in den Gasthof.

Weiter kam er nicht

In der Gaststube war im hinteren Bereich ein kleines Podest aufgebaut, damit man Graf Falko besser sehen konnte bei seiner großen Rede. Gleich daneben probte er, unterstützt von Dagobert, schon einmal: »Verehrte Falkensteiner und Falkensteinerinnen ...«

Dagobert bemerkte: »Oder umgekehrt? Frauen kamen wirklich lange genug an zweiter Stelle.«

Graf Falko nickte. »Ja, richtig. Sowieso. Oder einfach allgemeiner ...« Er setzte erneut an: »Verehrte Gäste ... ich freue mich, Ihnen meinen unverhofft in mein Leben getretenen, aber höchst willkommenen Sohn Chico Montoya – oder ehemals Montoya – jetzt von Falkenstein vorstellen zu dürfen ... äh ... zu können ... äh ... zu dürfen ... Nee! Zu wollen!« Endlich hatte er das richtige Wort gefunden, denn er war inzwischen richtig stolz auf seinen spät gefundenen Sohn.

In einem Nebenraum standen Alex und Chico und betrachteten sich gemeinsam im Spiegel. Denn Chico trug wie Alex ein Jackett mit dem Familienwappen derer von Falkenstein, und mit einem Mal sahen sie wirklich wie Brüder aus.

Chico lächelte glücklich, denn auch er war mächtig stolz und empfand es als große Ehre, das Familienwappen tragen zu dürfen. Gerührt bedankte er sich bei Alex.

Der legte seinen Arm um Chicos Schulter: »Familie!« Es fühlte sich einfach zu gut an, einen Bruder zu haben.

Chico hatte eine Idee: »Ich mache die Schule einfach hier zu Ende! Ich hab eh nur noch zwei Jahre bis zum Abitur.«

Coole Idee, fand Alex. »Aber was ist mit deiner Mutter?«

Chico winkte ab. »Ach, die versteht das! Ein junger Mann braucht seinen Vater!«

Alex verzog sein Gesicht. »Ja, manchmal!«

Vor den Gasthof ritten nun Bibi, Tina und Elena vor. Sichtlich angespannt stieg Elena von ihrem Pferd und stürmte auf den Falkensteiner Hof zu. Die beiden Mädchen folgten eilig. Auf dem ganzen Weg hatte Chicos Mutter nicht ein Wort verloren. Woran dachte sie? Was hatte sie vor?

»Elena, was ist denn eigentlich los?«, fragte Bibi.

Nervös sagte Elena nun endlich: »Chico ... ist nicht mein Sohn.«

Bibi und Tina schauten sie verwirrt an. Und auch Elena wurde jetzt klar, was sie da gerade gesagt hatte und korrigierte sich: »Blödsinn! Natürlich ist Chico mein Sohn! Was ich sagen wollte, ist: Chico ... ist nicht Graf Falkos Sohn!«

»Was?«, riefen Bibi und Tina nun vollends verdutzt.

»Dann ... dann ist er auch nicht Alex' Bruder?«, fragte Tina. Sie blickte Bibi an und bemerkte tonlos: »Drama!«

Bibi nickte. »Und wenn wir uns nicht beeilen, wird es ein Riesendrama, an dem ganz Falkenstein teilnimmt. Los!«

Sie eilten in den Gastraum, in den sich immer mehr Gäste drängten.

Freddy stand bereits am Büfett und schnappte sich ein Häppchen. Zufrieden bemerkte er: »Einem geschenkten Gaul schaut man nicht ins Maul.«

Doch da kam ihm der Wirt in die Quere, der ihn harsch zurechtwies: »Finger weg! Ist noch nicht eröffnet!«

Freddy sah ihn empört an. »Jetzt mach mal halblang!« Aber unter dem strengen Blick legte er das Häppchen brav wieder zurück.

Funky Fröhlich lief an ihnen vorbei, während sie begeistert in ihr Mikro sprach: »Graf Falko hat so eine wundervolle Aura! Heute hab ich vielleicht die einmalige Chance auf ein Einzelinterview.«

Bibi, Tina und Elena drängten sich weiter durch die Menschenmenge. Dabei kamen sie am Mühlenhofbauern, Frau Sauer und Herrn Mertens vorbei.

Tina stutzte und bemerkte gegenüber Bibi: »Die tragen alle den gleichen Schal wie Holger!«

Bibi dachte sich nichts dabei. »Gleicher Geschmack?«

Da hatte der Mühlenhofbauer sie entdeckt und rief: »Bibi Blocksberg! Du willst wohl auch ein Stück vom Kuchen?«

»Heute gibt's keinen Kuchen mehr«, antwortete Bibi grimmig. Sie dachte an Alex und Chico, die gleich etwas wirklich Schlimmes erfahren würden – und das hoffentlich, bevor der Graf seine Ankündigung machte!

In dem Moment spielte Dagobert einen Tusch auf dem Klavier, um Graf Falkos Auftritt anzukündigen. Eile war geboten. Bibi drängte weiter. Der Mühlenhofbauer rief ihr verdattert hinterher: »Wie meinst du das?«

»Lassen Sie sich überraschen«, antwortete Bibi und schloss zu Tina und Elena auf, die nahe dem Podest standen, auf dem Graf Falko sich bereits aufgestellt hatte. Er ergriff das Mikrofon, das wegen einer Rückkopplung kurz knisterte und fiepte, und begann zu Bibis Schreck seine Rede: »Liebe Gäste, ein wunderbares Ereignis führt uns hier heute zusammen. Ich freue mich ...«

»Wann wird denn das Büfett eröffnet?«, rief Freddy dazwischen.

Graf Falko sah ihn missbilligend an. »Gleich doch, Freddy, gleich!« Dann begann er erneut mit seiner Ansprache: »Ich freue mich ...« Er räusperte sich und fuhr schnell fort: »... Ihnen meinen unverhofft in mein Leben getretenen ...«

Chico wartete mit Alex im Hintergrund darauf, dass Graf Falko sie wie verabredet zu sich nach vorne holte. Plötzlich weiteten sich seine Augen erstaunt. Denn er hatte im Saal neben Bibi und Tina eine Frau entdeckt, die ihm bekannt vorkam. War das nicht ... »Mama?«, rutschte ihm überrascht raus.

Bevor der Graf auf Chico zu sprechen kam, erhob Bibi eilig ihre Arme in Richtung des Grafen und hexte: »Eene meene grelles Licht, weiter kommt er nicht. Hex-hex!«

Ein Ruck ging durch den erstaunten Graf Falko und er stockte. Krampfhaft versuchte er, das nächste Wort der Rede – »aber« – zu beenden. Bibis Hexerei wirkte wie eine Vollbremsung. Egal wie Falko seinen Mund auch aufsperrte und sich anstrengte, nichts als der gepresste, lang gezogene Laut »a« kam über seine Lippen.

»Was ist denn jetzt in sein Leben getreten?«, rief Freddy.

Graf Falko setzte erneut an und wiederholte: »Ihnen meinen unverhofft in mein Leben getretenen, aaaaaa ...« Und er kam erneut nicht weiter. Der Hexspruch bremste ihn genau auf dem »a«.

Freddy seufzte. »Und wann wird endlich das Büfett eröffnet?«

Die Gäste begannen zu murren. Funky Fröhlich sprach in ihr Mikro: »Er hat so viel zu sagen!« Nur wann würde er es endlich tun?

Graf Falko lächelte gequält und versuchte es ein weiteres Mal: »Ihnen meinen unverhofft in mein Leben getretenen ...« Und danach wieder kein Wort.

Besorgt fragte Alex ihn, ob alles okay sei. Aber statt einer Antwort kam wieder nur derselbe Satz über Falkos Lippen: »Ihnen meinen unverhofft in mein Leben getretenen, aaaaaa ...«

Verzweifelt drehte Falko sich zu Dagobert um, der ihn zu beruhigen versuchte. »Das ist bestimmt nur die Nervosität. Einen Schluck Wasser trinken und tief durchatmen ...« Dankbar nahm der Graf das gefüllte Glas entgegen und trank einen großen Schluck.

Bibi wandte sich zu Chicos Mutter: »Elena! Sie müssen ihm jetzt die Wahrheit sagen!«

Damit schien sie mehr als recht zu haben. Denn der Graf trat nun erneut auf die Bühne, um endlich loszuwerden, was ihm so wichtig war: »Ihnen meinen unverhofft in mein Leben getretenen ... arghhhhh ...« Doch diesmal gab er verzweifelt auf und rannte von der Bühne. Durch einen Gang, der eigentlich dem Personal vorbehalten war, kam er zur Küche, verschloss die Tür hinter sich und stand dem erstaunten Koch gegenüber.

Umsichtig ergriff Dagobert das Mikrofon und rief,

um die Situation mit einem Ablenkungsmanöver zu retten: »Das Büfett ist eröffnet!«

Es funktionierte! Sofort stürmten die Gäste zum Büfett, denn keiner wollte sich die Köstlichkeiten entgehen lassen.

Währenddessen folgten Alex und Dagobert Graf Falko in Richtung Küche, genauso wie Bibi und Tina.

Elena hingegen kämpfte sich zu ihrem Sohn vor, der sie verwundert fragte: »Was machst du hier?«

»Es tut mir leid!« Damit umarmte Elena ihren Sohn.

»Leid?«, fragte Chico verwundert. »Mama, dir muss nichts leidtun! Ich bin der glücklichste Mensch der Welt. Ich habe meinen Vater gefunden!«

Die wahre Wahrheit

Dagobert, Alex, Bibi und Tina standen vor der verschlossenen Küchentür.

Man konnte durch das milchige Fenster den Umriss von Graf Falko erkennen, aber er war nicht bereit aufzuschließen.

Dagobert klopfte. »Herr Graf. Sie können nicht immer vor allem davonrennen und sich einsperren!«

Alex horchte an der Tür und ermahnte ihn: »Vater, wirklich, wie ein kleines Kind.«

»Ihnen meinen unverhofft in mein Leben getretenen ...«, drang es darauf kläglich durch die Tür.

»Sind da vor Aufregung ein paar Synapsen durchgebrannt?«, fragte Alex Dagobert.

Bibi räusperte sich verlegen. »'tschuldigung, das war ich!«

Tina nickte.

»Bibi hat gehext, dass Graf Falko nicht weitersprechen kann.«

»Ja. Und das aus einem guten Grund«, fügte Elena hinzu, die nun ebenfalls vor der verschlossenen Tür stand.

»Was soll das alles?«, fragte Chico.

Man sah, wie Graf Falko sein Ohr an die Scheibe presste, denn das fragte er sich auch!

Elena sah ihren Sohn fest an. Dann holte sie tief Luft und endlich verriet sie: »Graf Falko ist nicht dein Vater.«

»Was?« Chico sah sie entsetzt an. Auch Alex glaubte, nicht richtig zu hören.

»Er kann nicht dein Vater sein, ich wüsste das!«, beteuerte Elena.

Graf Falko hinter der Tür fragte erstaunt: »Ihnen meinen ... unverhofft in mein Leben ...?«

Elena machte einen Schritt auf die Tür zu und rief: »Falkito! Hörst du mich?«

Graf Falko atmete tief ein und aus. Hatte er da gerade richtig gehört?

Elena trat noch einen Schritt näher und erklärte: »Als du damals nach Deutschland zurückgingst ... war ich sehr einsam. Und Chicos Vater, einen Musiker, habe ich kurz danach kennengelernt. Wir hatten eine Nacht. Er sah sehr gut aus! Aber er war ein mittelmäßiger Musiker! Und deshalb ist er auch verschwunden.«

Sie wandte sich zu ihrem Sohn: »Aber Chico: Du bist da! Und du bist das Beste, was mir passieren konnte!« Damit drückte sie ihm einen Kuss auf die Wange.

Da öffnete sich langsam die Tür zur Küche. Graf Falko trat heraus. Mit unglücklicher Miene versuchte er zu sprechen: »Unverhofft in mein Leben ...« Aber der Bann war immer noch nicht gebrochen! Schnell zog der Graf sich wieder in die Küche zurück. Angeführt von Elena folgten alle anderen. Der Koch wusste nicht, wie ihm geschah. So voll hatte er seine Küche noch nicht erlebt!

Nur Chico rührte sich nach diesem Wechselbad der Gefühle nicht vom Fleck und beobachtete aus dem Gang das Geschehen.

Schnell erhob Bibi ihre Arme und erlöste den Grafen: »Eene meene wunderbar, alles wie es vorher war. Hex-hex!«

»Hab ich richtig gehört?«, fragte Graf Falko.

Bibi seufzte erleichtert. Endlich konnte der Graf wieder vernünftig reden.

Elena nickte. *»Sí.«*

Alex begriff verzweifelt: »Ich habe gar keinen Bruder. Dann bin ich ja wieder allein.«

Tina ergriff seine Hand. »Hey ... Du bist nicht allein!«

Bibi nickte und ging ebenfalls zu Alex. Sie umarmte ihn und sagte tröstlich. »Freunde sind auch Familie.«

Dagobert spürte als Erster, dass Chico sich in der Zwischenzeit aus dem Staub gemacht hatte. Erst jetzt bemerkten auch Bibi und Tina, dass Chico nicht mehr da war. Erschrocken sahen sie sich um und riefen: »Chico?« Dann rannten sie mit Alex zusammen aus der Küche, um sich auf die Suche nach ihrem Freund zu machen.

Auch Elena wollte ihnen folgen, aber Graf Falko stellte sich ihr in den Weg. »Elena, warte! Ich verstehe nicht! Damals, die Nacht am Strand. Der Mond, der Wein, du ... Wie konnte es passieren, dass nichts passiert ist?«

Elena glitt ein kleines Lächeln übers Gesicht. »Falkito, du bist ja immer noch ein hoffnungsloser Romantiker! Aber dafür ist jetzt keine Zeit! Komm!« Sie nahm seine Hand und zog ihn mit sich.

Dagobert lächelte. Er wusste ja schon immer, dass Graf Falko noch eine ganz andere Seite besaß, die er stets zu verbergen versuchte. Umso schöner, dass sie mal zum Vorschein kam. Beruhigend sprach er zum Koch: »Machen Sie ruhig weiter«, bevor er ebenfalls den anderen folgte.

Wo ist Chico?

Bibi, Tina und Alex stürmten in den Saal, in dem die Gäste gerade gut gelaunt das Büfett plünderten.

Bibi wandte sich zu Freddy, der vergnügt Kuchen in sich hineinstopfte: »Hast du Chico gesehen?«

»Lief da eben so dramatisch nach draußen«, antwortete Freddy mit vollem Mund. »Dabei hab ich ihm noch was angeboten!«

Die drei Freunde liefen nach draußen. Doch zu spät. Chico hatte sich schon Tricky geschnappt und war davongaloppiert.

Bibi fragte aufgeregt: »Wo ist er hin?«

Ein kleines Mädchen, das am Brunnen lehnte und ein Eis schleckte, hob missmutig den Arm und zeigte die Straße hinauf.

»Richtung Schloss!«, war sich Alex sicher und lief zu den Pferden. Mit einem Mal überfiel ihn eine unbestimmte Angst. Für ihn selbst war alles schrecklich genug. Aber wie musste sich Chico fühlen?

Der trabte auf Tricky traurig über die Felder. In dem Moment, als er ganz allein vor der Küchentür stand und sich von allen anderen vergessen fühlte, war sein Traum zerbrochen.

Deine Freunde sind auch Familie

Im vollen Tempo galoppierten die drei Freunde zum Schloss.

»Sabrina, komm!«, feuerte Bibi ihr Pferd an. Denn natürlich machte sie sich mindestens genauso viele Sorgen um Chico wie Alex.

»Schneller, Amadeus!«, rief Tina.

Die Pferde schienen den Ernst der Lage zu spüren und galoppierten, so schnell sie konnten, auf dem Weg, der an dem kleinen See vorbei zum Schloss führte. Als Bibi das Schloss erblickte, das trügerisch ruhig vor ihnen in den Himmel ragte, entdeckte sie Tricky, der auf der Wiese graste. Aber der Sattel war leer! Wo steckte Chico?

Erschrocken sprangen die drei Freunde von ihren Pferden und schauten sich suchend um.

Dann entdeckte Alex hinter einem kleinen Boot am Seeufer noch etwas: Chicos Jackett mit dem Wappen der Familie von Falkenstein lag im Wasser. Hektisch rannte Alex auf den Steg und fischte die Jacke aus dem Wasser.

»Er macht's wie Ludwig!«, rief Alex. Womit er den bayerischen König meinte, der ertrunken war.

Doch Bibi schüttelte entschlossen den Kopf. »So was macht er nicht!«

»Alex!«, rief Tina entsetzt, als sie sah, dass Alex Reithelm, Jacke und Brille ablegte und kurz entschlossen in den See sprang.

Er tauchte unter. Prustend kam er wieder hoch und rief: »Ne! Ist nicht hier.«

Tina atmete erleichtert auf und wollte sich zu Bibi wenden. Doch die war weg.

Bibi war sich sicher, dass Chico nicht am See war. Sie spürte seine Nähe und folgte ihrer Intuition. Und tatsächlich: Sie fand ihn auf der Treppe zu der Terrasse des Schlosses, wo er sich vor Kurzem noch wie zu Hause gefühlt hatte.

Er war unendlich traurig und fühlte sich allein. Er hatte soeben sein neues Zuhause verloren, und sein Traum, Teil der Familie von Falkenstein zu werden, war ausgeträumt. Chicos Augen füllten sich mit Tränen.

Bibi wollte Chico trösten und näherte sich ihm vorsichtig Stufe für Stufe, um sich dann neben ihn zu setzen und mit ihm zu sprechen. Sie konnte sehr gut verstehen, was für ein Schock es für ihn in der Küche des Dorfkruges von Falkenstein gewesen sein musste. Und sie fühlte sich verantwortlich, denn ohne ihre Hexerei wäre seine Mutter Elena nicht ins Spiel gekommen.

Trotzdem war Bibi sehr froh, dass Elena Chico die Wahrheit über seinen Vater erzählt hatte. Selbst wenn Chico nicht Graf Falkos Sohn war, so blieb er doch ihr Freund. Und Freunde sind auch Familie. Darauf konnte er sich immer verlassen! Sie würden immer zu ihm halten und für ihn da sein. Er durfte sich nur nicht selbst aufgeben. Das war das Wichtigste!

Chico spürte, wie ehrlich Bibi das alles meinte. Er würde seine neuen Freunde wie eine Familie immer in seinem Herzen tragen. Er war dankbar, dass er sie alle kennengelernt hatte, auch wenn er etwas ganz anderes in Falkenstein gesucht hatte. Bibi und Chico schlossen sich innig in die Arme.

Plötzlich bemerkten sie am Treppenabsatz den klatschnassen Alex und Tina, die vom See hoch gelaufen waren. Neben ihnen standen Elena und Graf Falko, die auf ihren Pferden am Schloss angekommen waren.

»Bruder im Geiste!«, rief Alex, ging die Stufen hoch und überreichte Chico das Jackett mit dem Wappen ihrer Familie. Chico würde für immer dazugehören.

»No se, que decir«, entgegnete Chico gerührt. »Ich weiß gar nicht, was ich sagen soll.«

Als er überwältigt nach Worten suchte, ergriff

Graf Falko das Wort: »Nein, nein. Du musst nichts sagen! Denn ich weiß, du bist ein junger Mann von Ehre. Du könntest es auch von mir haben.«

Alex verdrehte ein wenig die Augen. Tina stupste ihn an. Denn eigentlich war es ja wirklich sehr rührend, was sein Vater Chico hier zu verstehen gab.

»Und selbstverständlich bist du immer willkommen in Falkenstein!«, fuhr der Graf fort. *»Mi castillo es tu castillo!«*

Elena sah Graf Falko dankbar an. *»Qué bien!* Wir kommen gerne einmal.«

Chico strahlte und auch Bibi freute sich sehr für ihren Freund. Und als sie ihn anlächelte, machte ihr Herz einen kleinen Hüpfer.

Bibi, mach was!

Am Ende wurde dann doch alles gut. So jedenfalls dachten Bibi und Tina, als sie nach diesem aufregenden Tag gemeinsam zum Martinshof ritten.

Chico wollte zusammen mit seiner Mutter auf dem Schloss bleiben. Es gab noch so viel zu erzählen. Das verstanden die beiden Mädchen natürlich. Obwohl Bibi Chico schon jetzt ein wenig vermisste.

Gut gelaunt ritten die beiden Mädchen am Stall vorbei auf den Hof und stutzten. Denn dort saßen

Frau Martin und Holger mit dieser Kim Win Win an einem Tisch!

Tina rief erstaunt: »Was geht denn da ab?«

Ihre Mutter hielt einen Stift in der Hand und war offenbar kurz davor, ein Papier zu unterschreiben, das vor ihr auf dem Tisch lag.

Erschrocken wandte sich Tina zu ihrer Freundin. »Die unterschreiben den Vertrag! Bibi, mach was!«

Folge 10

FESTIVAL FÜR FALKENSTEIN

Deine Hexerei ist nie von Dauer

Schnell erhob Bibi ihre Arme und hexte: »Eene meene Bienenstich, fieser Stift verwandle dich. Hex-hex!«

Frau Martin schaute verdutzt auf den Stift, mit dem sie eigentlich gerade den Vertrag unterschreiben wollte. Denn der hatte sich in eine Mohrrübe verwandelt! Natürlich war ihr sofort klar, wer dafür verantwortlich war, und sie fuhr die junge Hexe strafend an: »Bibi!«

Bibi zuckte mit den Achseln. »Sorry, aber ...«

Tina unterbrach sie und fragte ihre Mutter wütend: »Du willst wirklich die Koppel verkaufen?«

Nun mischte sich auch Holger genervt ein. »Genau – und dann haben wir endlich wieder Geld für Futter!«

Kim Win Win reichte Frau Martin einen neuen Stift und blickte sie auffordernd an. »Sie werden es bestimmt nicht bereuen.«

Tina knöpfte sich ihren Bruder vor. »Denkst du denn gar nicht an uns, an den Hof?«

»Es geht um eine Koppel, Tina!«, erwiderte Holger.

Tina rief: »Es geht um alles, Holger! Das ist auch mein Zuhause!«

Holger platzte langsam der Kragen. »Okay, okay, wir haben hier ein richtiges Problem, Tina!« Er zeigte auf Kim. »Aber Kim denkt nicht nur an sich, sie denkt auch weiter! So wie ich. Und wenn ihr das nicht seht ...« Und jetzt schaute er auch Bibi warnend an, »... dann könnt ihr hier gern mal die ganze Arbeit machen!«

»Machen wir!«, entgegnete Tina trotzig.

»Nein, jetzt mal ehrlich!«, wies Holger sie zurecht. »Wer kümmert sich denn um alles? Die Pferde, die Finanzen, das Futter ... während ihr euren Spaß habt! Ihr habt andauernd euren Spaß!«

Tina warf ihm einen empörten Blick zu. »Augenblick mal, wir ...«

Holger unterbrach sie wütend. »Tina, denkst du vielleicht mal daran, dass ich auch gerne mal was ganz anderes machen würde?«

Damit hatte Tina jetzt doch nicht gerechnet.

Ungerührt von dem Streit der Geschwister hatte Kim Win Win nur Bibi im Visier. Triumphierend schaute sie Bibi in die Augen. Die Hexerei dieser kleinen Göre konnte ihre Geschäfte niemals aufhalten, egal, was die sich auch einfallen ließ.

Bibi suchte unterdessen fieberhaft nach einer guten Idee ...

Schließlich sprach Frau Martin ein Machtwort

und unterbrach das Gezänk ihrer beiden Kinder. »Holger hat recht.« Sie griff zu dem Stift, den Kim Win Win ihr gereicht hatte.

Tina rief: »Mutti! Nein!«

Kurz entschlossen hob Bibi ihre Arme und hexte: »Eene meene ausgelaugt, aus Kies wird Boden, der nix taugt. Hex-hex!«

»Bibi, das hast du jetzt nicht wirklich gemacht!«, rief Frau Martin. Was war nur mit den Mädchen los? Sie ergriff eines der Gläschen mit Kims Bodenproben, die vor ihr auf dem Tisch lagen. Statt feinem Kies war jetzt dunkelbraune Erde darin.

»Es muss eine andere Lösung geben! Hier ist doch eh schon alles so ... durcheinander!«, verteidigte sich Bibi.

Ohne sich etwas anmerken zu lassen, sagte Kim nur: »Lassen Sie nur, Frau Martin!« Sie wandte sich zu Bibi, ein wissendes Lächeln umspielte ihre Mundwinkel. »Deine Hexerei ist nie von Dauer. Schon bald ist da wieder Kies. Die wirklich wichtigen Dinge kannst du sowieso nicht aufhalten.«

Wie zur Bestätigung unterschrieb Frau Martin jetzt den Vertrag. Tina seufzte verzweifelt. Bibi schaute sie mitfühlend an. Aber was konnten sie noch tun?

Billy the Kid trat an den Tisch und schnappte nach der Mohrrübe. Doch Holger zog sie schnell zurück: »Lieber nicht Billy, sonst hast du nachher einen Kugelschreiber im Bauch, wenn sich Bibis Hexerei wieder auflöst.«

Caramba!

In der Zwischenzeit spielten Chico und Alex im Schlosspark Crocket. Dafür, dass Chico zum ersten Mal einen Crocket-Schläger in der Hand hatte, mit dem er die bunte Holzkugel durch die kleinen Metalltore manövrieren musste, stellte er sich wirklich geschickt an.

Als Bibi und Tina endlich das Schloss erreicht hatten, staunten sie. Für Spielereien war jetzt wirklich keine Zeit. »Was macht ihr da?« fragte Bibi angespannt.

Alex antwortete seelenruhig: »Wir lassen es uns auch mal gutgehen!« Crocket hatte er schon ewig nicht mehr gespielt, aber mit Chico hatte er irgendwie wieder Lust auf das altmodische Spiel bekommen. Die zwei Jungs bemerkten gar nicht, wie niedergeschlagen die beiden Mädchen waren. Stattdessen konzentrierten sie sich wieder darauf, die Kugel durch das Tor zu bringen.

Doch dann erzählte Tina aufgeregt, was passiert war. Sie wollte es immer noch nicht sang- und klanglos hinnehmen. »Wir müssen doch irgendwas machen!« Auffordernd legte sie ihrem Freund die Hand auf die Schulter: »Alex, du weißt doch immer, was zu tun ist!«

Doch Alex zuckte nur hilflos mit den Achseln. Wenn Frau Martin unterschrieben hatte, konnte man ja nichts mehr machen.

Tina ließ ihrem Ärger freien Lauf: »Es ist wegen Holger! Ich weiß nicht, was er mit dieser Kim Win Win am Laufen hat!«

Doch Chico nahm Holger in Schutz: »Ja, die meiste Arbeit auf dem Hof hat er schon!« Das hatte er selbst erlebt, als er in den letzten Tagen auf dem Martinshof gelebt hatte. Holger war wirklich unermüdlich an der Seite seiner Mutter und kümmerte sich um alles. Und natürlich war es blöd, dass die Koppel nicht mehr dem Martinshof gehörte, aber so dramatisch, wie Bibi schaute und Tina redete, war es doch auch nicht! Chico verstand die beiden nicht. Sonst ließen sich Bibi und Tina doch auch nicht so unterkriegen!

Bibi schaute Chico mutlos an. Es war nicht nur die Koppel. Es waren auch Kims Worte, die ihr zu schaffen machten. »Deine Hexerei ist nie von Dauer.« Tatsächlich war aus dem schlechten Boden schon längst wieder kostbarer Kies geworden. Aber gerade fehlte ihr die Kraft, das Chico zu erzählen.

»Wir haben so viel zusammen erlebt diesen Sommer! Das lassen wir uns doch jetzt nicht vermiesen, oder?!«, versuchte Alex gute Stimmung zu machen.

Tina widersprach traurig: »Ja, wenn das so einfach wär!«

Doch Chico stimmte Alex zu. »Wenn du denkst, es geht nicht mehr, warte ab, es kommt noch mehr!« Als alle ihn verwundert anschauten, erklärte er: »Das ist ein deutsches Sprichwort!«

»Und bedeutet, dass es noch schlimmer wird?«, fragte Bibi. Passte ja irgendwie.

Chico warf ihr einen verwirrten Blick zu. Das wollte er eigentlich nicht ausdrücken.

Alex lächelte. »Es war nicht ganz richtig. Es heißt: Wenn du denkst, es geht nicht mehr, kommt von irgendwo ein Lichtlein her!«

»Eso. Das wollte ich sagen.« Die beiden Jungs umarmten sich. Die ganze Aufregung hatte sie richtig zusammengeschweißt.

Jetzt musste Tina doch ein wenig lächeln. »Ihr seid echt ein super Team!«

Das sah Alex genauso. »Ja, ich sag mal, Brüder im Geiste!«

»So und jetzt ist hier Schluss mit Kopf hängen lassen!« Chico klatschte in die Hände. »Caramba!«

Alex nickte, und mit einem Mal hatte er doch eine Idee: »Wir fangen damit an, die Leute zu informieren. Und ich weiß auch schon, wie.«

Alex' Plan

Missbilligend schaute Funky Fröhlich zu Alex, der vor ihrem Schreibtisch stand. Neben ihm Chico, der ihn zu Radio Flamingo begleitet hatte.

»Ich hab dich gern, Alexander«, so Funky. »Du bist nett, kreativ. Aber so was habe ich noch nie erlebt! Ellenlange Wetteransagen, Liebeslieder, Bienen … mittendrin gehen oder, besser noch, gar nicht erst kommen und mich nicht informieren, wieso! Das erfahre ich dann aus den Nachrichten! Und im Dorfkrug: nichts! Keine verwertbare Information! Und ich muss hier alles umdisponieren!« Sie atmete tief durch.

Alex nutzte die kurze Stille, um sein Anliegen loszuwerden. »Umdisponieren! Das ist doch ein gutes Stichwort!«

Chico nickte. »Sí! Genau deswegen sind wir hier.«

Funky schaute ihn erstaunt an. »Wir?«

»Wir machen ein Live-Festival! Auf dem Martinshof«, schlug Alex enthusiastisch vor.

»Eine supercoole Location! Mit riesiger Bühne!«, führte Chico weiter aus.

»Alle werden kommen!«, begeisterte sich Alex. »Alle, die hier schon mal gesungen haben! So wie Chico zum Beispiel!« Er zeigte auf seinen Freund, der zustimmend nickte. »Und übertragen wird das Ganze exklusiv von Radio Flamingo – werbefrei, wertfrei, einwandfrei!« Jetzt atmete Alex tief durch.

Ungläubig blickte Funky von einem Jungen zum anderen. »Jetzt übertreibt mal nicht! Riesig, supercool, alle, exklusiv ... Wie wollt ihr das so schnell stemmen?«

Alex legte seinen Arm um Chicos Schulter. »Familie! Freunde! Alle zusammen! Und diesmal lass ich Sie auch nicht hängen, versprochen!« Bittend blickten die beiden zu Funky. Nach einer langen Pause willigte endlich auch Funky Fröhlich ein: »Das will ich hoffen. Sonst war es das endgültig mit dem Praktikum!«

Alex war das nicht genug, und er fragte noch mal nach: »Heißt das Ja?«

Funky verdrehte die Augen. »Jaha! Und jetzt lasst mich bitte, ich muss hier ein Interview vorbereiten.«

Wenn man vom Teufel spricht

Draußen auf einer Bank vor dem rosafarbenen Haus, in dem sich das Studio befand, wartete Bibi. Tina hatte schnell zwei Eis besorgt und reichte ihr das eine mit dem Hinweis: »Trosteis.«

Doch selbst das konnte Bibi nicht aufmuntern. Seufzend blickte sie Tina an. »Sorry, ich weiß, du hast viel mehr Grund zur schlechten Laune, aber der Martinshof ist auch mein Zuhause! Und was kann ich tun? Meine blöde Hexerei hilft jedenfalls nix!«

»Darum geht's?«, fragte Tina überrascht. »Hey, Bibi, nur weil es einmal nicht funktioniert hat!?«

»Es funktioniert doch nie richtig!«, widersprach Bibi. »Und nachhaltig ist es schon mal gleich gar nicht. Darauf kommt's aber eigentlich an, oder? Kim hat recht.«

Tina glaubte nicht richtig zu hören. »Kim hat recht? Mensch, Bibi! Deine Hexerei hat schon total oft geholfen! Stell dir vor, du hättest nicht gehext, als Allegro auf die Straße gerannt ist. Oder als du die Wildschweine gerettet hast!«

Bibi schaute sie zögerlich an. »Echt?«

»Aber so was von!«, bekräftigte Tina. »Jetzt lass dir bloß nicht von dieser Kim so einen Blödsinn einreden!«

Bibis Augen weiteten sich erstaunt. »Wenn man vom Teufel spricht.«

Denn kaum hatte Tina ihren Satz beendet, lief Kim Win Win auf den Eingang von Radio Flamingo zu. Als sie Bibi und Tina auf der Bank sah, grinste sie hämisch und zwinkerte den beiden zu. Dann verschwand sie wortlos im Haus.

Ein viel größeres Projekt als gedacht

Kim Win Win war der von Funky Fröhlich erwartete Interviewgast. Die beiden Frauen saßen sich im Studio gegenüber, beide hatten Kopfhörer auf den Ohren und waren bereit für das Gespräch.

Bibi und Tina standen neben Alex und Chico draußen vor der Trennscheibe zum Studio und verfolgten das Interview live vor Ort.

Aufgekratzt sprach Funky ins Mikrofon: »Die Welt zu Gast in Rotenbrunn! Hier ist Funky Fröhlich von Radio Flamingo – werbefrei, wertfrei, einwandfrei. Und ich fühle mich geehrt, Frau Kim Win Win im Studio zu haben, die in Falkenstein eine große Investition plant und damit viele Arbeitsplätze schaffen wird.« Die junge Geschäftsfrau hatte Funky fest im Blick, was diese irgendwie verunsicherte. Was wollten ihr diese Augen sagen?

Dann erwiderte Kim allerdings formvollendet und sehr freundlich: »Die Freude ist ganz meinerseits. Und ich möchte mich bei all den Falkensteinern, Rotenbrunnern, dem ganzen Landkreis bedanken, die mir ihr Land überlassen haben für dieses tolle Vorhaben!«

»Was?«, fragte Bibi draußen vor der Scheibe. Hatte sie richtig gehört?

Auch Tina blickte ungläubig. »Das heißt, wir sind nicht die Einzigen, die ihr Land überlassen, und sie buddelt nicht nur bei uns, sondern auch bei den Nachbarn?«

»Dann wird die Kiesgrube ja noch viel größer als gedacht?«, schlussfolgerte Alex.

Chico nickte entgeistert. *»Qué mierda.«*

Die vier Freunde guckten sich erschrocken an.

Kim hingegen erzählte begeistert von ihrem Vorhaben. »Kies ist das Material, aus dem aufstrebende Städte gemacht werden«, teilte sie den Radiohörern mit. »Und ich glaube an eine glorreiche Zukunft dieser Region.« Wieder fixierte Kim Funky mit ihrem Blick, sodass es Funky die Sprache verschlug.

Nicht aber Bibi, die auf der anderen Seite der Trennscheibe stand. »Na, das glaub ich auch!«, sagte sie und meinte damit etwas anderes als diese Kim Win Win. Eine glorreiche Zukunft zeichnete sich für Bibi nämlich nicht durch Reichtum aus!

Als Kim das Interview beendet hatte und das Studio verließ, wurde sie mitten auf der Straße von Bibi empfangen, die sich ihr mit einem kampfeslustigen Glitzern in den Augen in den Weg stellte. »Wenn Sie an eine Zukunft hier glauben, dann sollten Sie ein paar Regeln beachten«, sagte sie.

Kim schaute das Mädchen abfällig an. »Sie schon wieder! Waren wir nicht beim Du?«

Bibi erwiderte: »Knigge? Gut! Hier bedankt man sich nämlich immer persönlich. Warum kommen Sie nicht einfach zu unserem Festival heute Abend? Alle werden da sein!« Kim blieb regungslos. Bibi legte nach: »Ja, auch Holger! Und wir schauen uns alle ehrlich in die Augen.«

Tina, Alex und Chico wechselten einen überraschten Blick.

Kims Gesicht verzog sich zu einem undurchsichtigen Lächeln, doch dann nickte sie. »Danke für die Einladung.« Damit ließ sie die vier Freunde stehen.

Kaum war sie gegangen, drehte sich Bibi zu Tina, Alex und Chico um, die sie verständnislos ansahen. Doch Bibi grinste und bemerkte achselzuckend: »Umarme deine Feindin!«

Tina schüttelte ungläubig ihren Kopf. »Ich hoffe, du hast einen Plan!«

Chico hingegen grinste breit. »Caramba, so kenn ich Bibi!« Endlich war Bibis Kampfgeist wieder erwacht!

Kommt Zeit, kommt Plan

Die Vorbereitungen für das »Festival für Falkenstein« liefen auf Hochtouren. In dem runden Auslauf im Hof stand eine kleine, wunderschön bunt geschmückte Bühne. Quer über den Platz hingen alte Lampenschirme, in die Chico noch Glühbirnen einschraubte.

Stolz beobachtete Bibi, wie schön alles geworden war. Sie war glücklich über die tolle Teamarbeit. Als sich Chicos und ihr Blick trafen, lächelten sie einander an.

Zusammen mit Tina stand Bibi an dem Getränkestand neben dem Auslauf. Sie hatten Strohballen aufgestapelt, ein Brett daraufgelegt und befestigt und fertig war die urige Bar, die ebenfalls liebevoll dekoriert war. Sie hatten sogar einen mobilen Saunawagen organisiert, der vor der großen Scheune stand.

Tina überprüfte anhand einer Liste die Auftritte der Musiker. Sie las vor, was sie sich notiert hatte: »Danny & die Mermaids, Freddy ...«, sie blickte zu Bibi, »... und davor dein Chico.«

Bibi stutzte. »Mein Chico?«

Tina grinste. »Meiner ist es jedenfalls nicht.«

Als Bibi nur die Augen verdrehte, besann Tina sich wieder auf die Planung. »Aber das Line Up ist topp!«

Auf der Bühne bauten Freddy, Henk und Klops gerade ihre Instrumente auf. Arbeitsgeräte aus der Schmiede wie Hammer und Amboss, aber auch alte Fässer und ein Waschbrett dienten als ihr originelles Schlagzeug, und Freddy hatte natürlich seine Gitarre dabei. Sie waren ziemlich aufgeregt vor ihrem ersten großen Auftritt. Hier auf der Bühne vor all den Gästen war es echt noch mal etwas anderes als die Show im Radiostudio!

Alex stand oben bei ihnen und richtete konzentriert das Mikrofon ein: »Microphone Checker, one, two, three ...«

»Und was ist jetzt dein Plan, wenn Kim kommt?«, wollte Tina wissen.

Wieder zuckte Bibi mit den Achseln. »Kommt Zeit, kommt Plan. Ich weiß nur: Wenn alle die Konsequenzen sehen, dann machen sie auch nicht so viele Fehler.«

Frau Martin hatte im Haus noch einige Süßigkeiten für die Gäste gefunden und rief nun nach Elena, die sie auch auf dem Martinshof aufgenommen hatten. Die zwei Frauen hatten in etwa die gleiche Kleidergröße, sodass Elena von Susanne Kleidung für den besonderen Anlass ausleihen konnte.

Neu eingekleidet kam Elena die Treppe herunter und rief begeistert: »Susannita. Es ist kein Wunder, dass Chico sich hier so wohl fühlt! Du bist so herzlich ... und dieser Martinshof ist so schön.«

Frau Martin lächelte etwas nachdenklich. »Danke. Aber ich hoffe nur, ich habe das Richtige gemacht. Diese Kiesgrube, die wird noch viel größer als erwartet.«

Elena verstand nicht. Kiesgrube? Hier wartete wohl noch ein ungelöstes Problem! Schnell machten sich die beiden Frauen auf den Weg nach draußen.

Fröhlich pfeifend und singend fuhr Kim Win Win auf einem Roller den Zufahrtsweg zum Martinshof entlang, vorbei an geparkten Autos und einigen anderen Gästen, die sie begrüßte wie alte Bekannte. Sie hatte sich in der kurzen Zeit überall bekannt und beliebt gemacht.

Überrascht entdeckte sie Holger, der bereits am Hofeingang, über dem ein bemaltes Banner auf das Festival in Falkenstein hinwies, auf sie wartete. »Ich dachte, ist vielleicht doch besser, wenn wir zusammen zum Festival gehen«, erklärte er ihr. Kim schaute ihn ein wenig amüsiert an und erwiderte nur: »Gut.«

Sie gingen den Weg Richtung Hof herunter, vorbei an dem Reitplatz, auf dem sich die drei kleinen weißen Ponys tummelten.

Holger druckste rum, er wusste einfach nicht, wie er Kim auf das Problem ansprechen sollte, das er mit ihr hatte. »Weißt du, meine Schwester ist im Moment nicht gut auf dich zu sprechen«, setzte er an.

»Gut!«, antwortete Kim.

»Gut?«, fragte Holger verwundert, aber sie wechselte das Thema. »Kannst du mir mal helfen«, bat sie und schob ihren Roller zu ihm. Holger übernahm ihn, höflich wie er war, versuchte dann aber den Faden wieder aufzunehmen: »Trotzdem, Kim, du hättest mir sagen können, dass die Idee so groß ist.«

Kim lächelte. »Dass sie so groß ist, macht sie doch nicht schlecht.« Plötzlich fuhr sie, für Holger völlig unverständlich, auf Japanisch fort, dann übersetzte sie: *»The whole world should participate in our wealth.«*

»Was heißt das?«, wollte Holger wissen. Diese Frau machte ihn verrückt und überforderte ihn. Und trotzdem, oder gerade deswegen, gefiel sie ihm so gut.

»Die ganze Welt soll teilhaben an unserem Wohlstand«, übersetzte Kim. »Deine Schwester wird das auch bald verstehen. Die weiteren Verträge sind bald unterschrieben, und dann mach ich mich auf den Weg nach Tokio. Homebase.«

Holger schluckte. »Warte ... Du bist irgendwie die ganze Zeit nur am Weggehen.«

Kim sah ihm tief in die Augen. »Vielleicht willst du ja diesmal mit?« Dann fügte sie leichthin an: »Der Mühlenhofbauer kommt auch!«

Holger starrte sie überrascht an. »Was ... was macht der denn in Tokio?

»Wir machen eine Reise«, erklärte ihm Kim und

lief weiter vor zum Hof. Denn von dort ertönten bereits erste Gitarrenklänge.

Verwirrt folgte ihr Holger. »Warte mal! Kim!«

Volle Pulle

Auf der Bühne startete der Soundcheck. Freddy spielte energisch die ersten Akkorde auf seiner Gitarre, während die Blacksmiths den Rhythmus von ihrem Song »Konferenz der Tiere« trommelten. Alex stand bei Chico am Mischpult, der an den Reglern versuchte, den Sound an diese geballte Kraft anzupassen.

Der Song passte super zu Freddy und seinen Freunden. Alex war begeistert von der Botschaft – denn der Song rief dazu auf, sich vorzustellen, was passieren würden, wenn Menschen und Tiere ihre Rollen tauschen würden. Freddy tobte über die Bühne und schmetterte den Refrain:

»Ich will heut alle Tiere feiern.
Noch mal mit Energie.
Wir rufen nein, nein, nein,
Lass die Tiere in Ruh!
Ich sag nur, stell dir doch mal vor,
Das wären ich und du.

Denn Tiere würden so was,
so was niemals tun.«

Für das Zwischenspiel hatten die Jungs sich extra eine Choreografie ausgedacht. Henk machte einen Rückwärtssalto von der Bühne, Klops schlug mit ausladenden Bewegungen auf das alte Fass ein und Freddy reckte seine Gitarre hoch, um lautstark die Band zu präsentieren. Dann donnerte er sein Instrument mit ganzer Kraft auf den Bühnenboden. CRASH! Der Gitarrenhals war abgebrochen, der Korpus hing nur noch an den Saiten.

Alle schauten ihm ungläubig zu, wie er weiter mit der kaputten Gitarre auf den Bühnenboden haute und dabei schrie: »Wir sind Freddy & The Blacksmiths!«.

»Was macht ihr denn?«, rief Alex genauso fassungslos wie alle anderen Zuschauer.

»Man muss auch mal was ausprobieren!«, feixte Freddy.

Alex entgegnete genervt: »Aber … das war ja nur eine Probe!« Musste schon jetzt alles schieflaufen?

Das schien Freddy ziemlich egal zu sein. »Bei uns gibt's immer nur volle Pulle.«

»Und wie sollen wir jetzt noch mal auftreten?«, fragte Henk.

»Dann holen wir uns eben eine neue!«, antwortete Freddy.

So auf die Schnelle? Sie waren ja der erste Gig! Henk und Klops waren sauer.

Chico versuchte die Band zu beschwichtigen: »Passt auf! Ich fange an und ihr seid dann einfach später dran.«

»Das große Finale! Ist doch viel besser, oder?!«, unterstützte Alex den Vorschlag.

Das gefiel auch den Blacksmiths. Freddy grinste breit. »Finale, Jungs!«

Alex machte ihnen ein Zeichen: »Ja, dann wegräumen jetzt erst mal, bitte!«

Bibi und Tina beobachteten das amüsiert. Freddy wieder! Aber jetzt mussten erst mal die Gäste begrüßt werden. Es waren so viele! Mit so viel Zuspruch hatten sie gar nicht gerechnet. Kein Falkensteiner und keine Falkensteinerin wollte sich das Spektakel entgehen lassen, egal wie alt!

In diesem Moment entdeckten sie Kim Win Win, die zusammen mit Holger zielstrebig auf den Mühlenhofbauern, Frau Sauer und Herrn Mertens zusteuerte, die gerade ebenfalls eingetroffen waren.

»Der Klub der gelben Schals«, bemerkte Bibi.

Tina nickte frustriert. »Na klar, den haben die alle von Kim. Und Holger macht da auch noch schön mit!«

»Die Liebe«, meinte Bibi achselzuckend.

»Ich sag nur: Augen auf bei der Partnerwahl!«, fügte Tina bissig hinzu.

Bibi nickte zustimmend. »Und ich zeig gleich mal Kim, der Krake, wo der Hammer hängt!« Damit machte sie sich auf den Weg zur Bühne. Tina folgte ihr. War jetzt die Zeit gekommen für Bibis Plan?!

Kim Win Win strahlte, als sie auf den »Klub der gelben Schals« traf. »Hallo zusammen. Meine Peer Group.« Das sollte so viel wie Bezugsgruppe heißen, klang aber auf Englisch viel cooler!

Graf Falko küsste formvollendet ihre Hand und begrüßte sie überschwänglich: »Frau Win Win! Die Sonne geht auf!«

Der Vergleich war gar nicht mal so schlecht, denn Kim trug wieder ihren eleganten Hosenanzug, dessen gelbe Farbe alles überstrahlte. Das bemerkten auch Elena und Susanne Martin, die gerade aus dem Haus kamen.

Dagobert schob sich mit seinem Tablett zwischen die beiden, denn ihm war diese Kim Win Win zutiefst verdächtig.

Aber Kim ließ sich nicht beirren. Die junge Geschäftsfrau verteilte Drinks an ihre Peer Group und rief: »Stoßen wir gemeinsam auf unser Projekt an!«

Sogar Holger stieß mit an, wie Tina fassungslos feststellte.

»Hey Leute, alle mal herhören, bitte!«, ertönte es da von der Bühne und unterbrach das fröhliche

Zuprosten. Bibi stand auf der Bühne, hatte sich das Mikrofon geschnappt und versuchte, auf sich aufmerksam zu machen.

Die Festivalgäste hörten auf zu reden und schauten sie überrascht an. Vor allem Kim Win Win befürchtete, dass Bibi wieder etwas gegen sie geplant hatte. Tina, Alex und Chico folgten Bibi auf die Bühne und lauschten gespannt, was sie denn nun vorhatte.

»Wie die meisten von euch wissen, verbringe ich jedes Jahr meinen Sommer hier auf dem Martinshof«, sprach diese weiter, »weil ich es hier liebe!«

Klops, der mit Freddy und Henk ebenfalls auf der Bühne stand, moserte: »Boooring!«

Henk rief: »Das ist hier ’n Festival und kein Schwätzival!«

Freddy gab ihnen ein Zeichen, ruhig zu sein. »Oder wollt ihr, dass euch Bibi wieder verhext?«

Henk und Klops schüttelten den Kopf. Bloß nicht! Einmal Meerjungfrau hatte ihnen wirklich gereicht!

»Nichts gegen Veränderung«, setzte Bibi ihre Ansprache fort. »Aber man sollte nie aus den Augen verlieren, was Veränderung bedeuten kann!« Damit übergab sie Freddy das Mikrofon und erhob ihre Hände zum Hexen. Henk und Klops rissen die Augen erschrocken auf. Doch Bibi hatte Kim Win Win und ihre Peer Group im Visier und hob die Hände:

»Eene meene hohe Flammen, wir alle bleiben jetzt zusammen. Eene meene jetzt wird's mies, in die Zukunft, in den Kies. Hex-hex!«

In der Grube

Ungläubig schauten sich Tina, Alex und Chico um. Denn sie waren mit einem Mal in einer riesigen Kiesgrube gelandet. Und nicht nur sie, sondern natürlich auch Bibi, sowie alle, die eben noch auf der Bühne oder mit Kim Win Win zusammengestanden hatten.

Holger, Kim Win Win, Graf Falko, Dagobert, der Mühlenhofbauer, Frau Sauer und Herr Mertens bildeten ein Grüppchen auf der einen Seite. Ihnen gegenüber standen Bibi, Tina, Alex, Chico, Frau Martin, Elena, daneben Freddy, Henk und Klops, die gar nicht wussten, wie ihnen geschah. Sie hatten von Kim Win Wins Geschäften bisher nichts mitgekriegt.

Es herrschte eine unerträgliche Hitze; die Sonne brannte erbarmungslos vom Himmel. Totenstill war es in der riesigen, kahlen Grube. Bis auf den unheimlich pfeifenden Wind gab es kein einziges Geräusch. Alle sahen sich unwohl um.

»Schaurig«, sagte Graf Falko.

»Ich hab Durst, irgendwie«, stellte Freddy fest.

»Hört irgendjemand noch einen Vogel?«, fragte Frau Martin. »Hier wächst ja kein Halm mehr.«

Klops jammerte: »Also hierauf hab ich sicherlich keinen Bock!«

Bibi nickte eindringlich. »Kann ich verstehen! Und ich kann euch auch wieder zurückhexen. Aber wenn's wirklich so weit ist, kann ich nichts mehr hexen! Und dann wird's hier genau so aussehen!«

Kim schüttelte genervt den Kopf. »Immer wieder dieser Quatsch, Bibi Blocksberg!«

»Kein Quatsch!«, widersprach Tina. »Wenn hier jemand nicht nachhaltig handelt, dann sind das ja wohl Sie!«

Sogar Holger musste ihr recht geben und er sah Kim entschuldigend an. »Sorry, Kim. Über diesen Tellerrand will ich nicht schauen. Da geh ich nicht mehr mit.«

Man sah ihr an, dass sie das nicht gern hörte. »Auch nicht nach Tokio?«, fragte Kim.

Frau Martin und Tina schauten sich erstaunt an. Tokio?

Holger schüttelte den Kopf. »Nein!«

Kim sah ihn verständnislos an. »Aber ...«

Holger unterbrach sie. »Kein Aber.« Für ihn war damit alles gesagt. Auch wenn es ihm nicht leichtfiel. Denn er mochte Kim schon sehr. Er wechselte die Seite und ging zu seiner Familie. Kim ließ er stehen.

»Doch! Ein Aber!«, fiel Frau Martin mit Schrecken ein. »Ich hab das Ganze ja schon unterschrieben!«

Bibi senkte betroffen den Blick. Gab es wirklich kein Zurück mehr? Kim lächelte siegessicher.

Der Wind pfiff ihnen um die Ohren, während sich Ernüchterung breitmachte. Hier ging es wohl nur ums Geschäft, alles andere schien Kim egal zu sein.

Da meldete sich Graf Falko zu Wort: »Aber ich habe noch nicht unterschrieben!« Mit großer Geste warf er Kims geschenkten Schal in den Sand und rief: »Ich verkaufe jedenfalls nicht!« Dann ging er zu Frau Martin und sagte nobel: »Und das mit dem Futter, Susanne, das lösen wir auch.«

»Hier ist auch nichts für Bienen«, gab Dagobert zu bedenken und folgte Graf Falko.

Kim Win Win schüttelte ungläubig den Kopf, denn auch Frau Sauer und Herr Mertens wandten sich von ihr ab.

Einzig der Mühlenhofbauer versuchte noch einen Kompromissvorschlag: »Das mit dem Futter kriegen wir schon irgendwie hin! Ich hab auch noch was auf Lager! Aber das mit dem Kies können wir doch trotzdem machen! Ich mach später einen Badesee daraus. Da könnt ihr umsonst schwimmen gehen. Das mögt ihr doch so gern.« Doch als er statt Zustimmung nur verächtliche Blicke erntete, verstummte er. Ganz allein wollte er auch nicht dastehen.

Kim Win Win erstarrte. Sie spürte, dass sie das Ruder nicht mehr herumreißen konnte. Sie hatte auf der ganzen Linie verloren.

Bibi erhob nun schnell wieder ihre Hände und hexte. »Eene meene wunderbar, alles wie es vorher war. Hex-hex!«

Fiesta Falkensteina

Endlich sollte das Festival beginnen. Funky Fröhlich stand auf der Bühne und gab das Startsignal. »Willkommen beim Festival auf dem Martinshof! Ich bin Funky Fröhlich von Radio Flamingo, und ich freue mich, dass ihr alle hier seid ...« Verwirrt sah sie sich um. Denn es fehlten ja einige Leute, wie sie nun feststellte. Darunter auch ihr Praktikant, der hier alles so vollmundig angekündigt hatte. »Wo sind denn eigentlich alle?«

In diesem Augenblick erschienen wie aus dem Nichts direkt neben ihr auf der Bühne Bibi, Tina, Alex und Chico – und gleichzeitig setzte ein satter spanischer Beat ein. Einfach zu cool. Chico begann zu singen:

»Es ist Zeit, was zu verändern.
Ich fang mal mit mir an.

Nie zu spät, was zu verändern.
Brauch jetzt deine Hand.
Ich kann das nicht allein.
Du musst schon bei mir sein.«

Er sah Bibi an, die strahlte.

Alex grinste wissend und stieß Tina an. »Sind Bibi und Chico jetzt eigentlich zusammen?«

Tina zuckte mit den Achseln. »Warum musst du denn immer alles benennen und so eng sehen?« Vielleicht waren Bibi und Chico zusammen, vielleicht waren sie auch nur Seelenverwandte. Aber es war ganz offensichtlich, dass sich die beiden sehr, sehr gern hatten.

Beide, Bibi und Chico, waren glücklich, sich als Freunde gefunden zu haben – ebenso wie Tina und Alex ihre Freundschaft feierten. Und Freundschaft verband sie alle vier miteinander. Sie würden noch viel zusammen erleben!

Alle tanzten ausgelassen. Sogar Freddy stimmte mit in den Song ein.

Holger lief zu Kim Win Win, die etwas abseits stand und alles beobachtete. Eigentlich wollte sie längst gehen. Aber offenbar hielt sie etwas hier. Etwas traurig lächelnd gab sie zu: »Irgendwie bin ich ein bisschen neidisch. Euer Zusammenhalt ist wirklich toll!«

Holger zog sie auf die Tanzfläche. Sie musste nicht außen stehen. Sie konnte dabei sein, denn hier war keiner nachtragend!

Sogar Graf Falko tanzte. Erst mit Frau Martin, dann mit Elena, und dann mit allen beiden. Das brachte ihn mächtig zum Schwitzen.

»Toll, was Ihr Sohn auf die Beine gestellt hat!«, lobte Dagobert. »Praktikum sei Dank!«

Diesmal widersprach Graf Falko nicht. Aber musste diese Funky Fröhlich ihn jetzt auch noch antanzen? Fröhlich rief sie: »Graf Falko! Endlich! Ich würde Sie so wahnsinnig gern mal interviewen.«

»Vielleicht ein anderes Mal«, antwortete der Graf. Drei Frauen! Das war ihm jetzt doch ein wenig zu viel.

Während das Fest in vollem Gang war, tauchte plötzlich ein Kriminalbeamter mit zwei uniformierten Polizisten auf. Sie schoben sich durch die Menge, um dann vor dem tanzenden Graf Falko stehen zu bleiben.

»Graf Falko von Falkenstein?«, fragte der Kriminalbeamte.

»Ja. Das bin ich!«, bestätigte Graf Falko verwundert.

»Sie sind vorläufig festgenommen!«, sagte der Beamte. »Drehen Sie sich um!«

Graf Falko glaubte nicht richtig zu hören. »Bitte?« Doch schon legte ihm eine der Polizistinnen die Handschellen an.

Mit einem Schlag hörten Bibi, Tina, Alex und Chico auf zu singen. Das konnte nicht wahr sein!

Nur Funky Fröhlich war zufrieden: »Endlich mal zur richtigen Zeit am richtigen Ort.« Schon zückte sie ihr Mikrofon und hielt es den Beamten vor die Nase, die jedoch keinerlei Reaktion zeigten.

Entsetzt schauten die Freunde den Beamten hinterher, die Graf Falko von Falkenstein durch die Menge abführten.

Bibi löste sich als Erste aus der Erstarrung und kündigte kämpferisch an: »Eene meene viele Fragen? Wir kommen wieder, weitersagen! Hex-hex!«

Bettina Börgerding schreibt sehr erfolgreich Drehbücher und zusammen mit Wenka von Mikulicz die Bücher zu den »Bibi & Tina«-Filmen. Ursprünglich Mitbegründerin einer kleinen Produktionsfirma, gehört sie heute zu den gefragtesten deutschen Drehbuchautorinnen für Kinderfilm, u. a. »Bibi & Tina – Voll verhext«, (Gilde Filmpreis für den Besten Kinderfilm 2015). Sie ist auch die Autorin der Drehbücher zu »Mein Lotta-Leben«, »Benjamin Blümchen« sowie der »Bibi & Tina«-Serie.

Wenka von Mikulicz ist Filmdramaturgin und gemeinsam mit Bettina Börgerding Autorin der Filmbücher rund um die »Bibi & Tina«-Filme. Sie hat etliche Stoffe für die Boje Buck Produktion und dcm pictures entwickelt, darunter die vier sehr erfolgreichen Kinofilme zu »Bibi & Tina« sowie die neue »Bibi & Tina«-Serie.

Bettina Börgerding/Wenka von Mikulicz

Bibi & Tina

Endlich wieder Ferien

176 Seiten, ISBN 978-3-570-17739-6

Das Buch zur neuen Realfilm-Serie!

Bibi & Tina werden Serienstars! Die Realfilm-Serie vereint liebgewonnene Figuren und neue Charaktere in völlig neuen Abenteuern: Die junge Hexe Bibi und ihre beste Freundin Tina mit ihren beiden Pferden Amadeus und Sabrina erleben auf dem Martinshof einen Sommer voller Abenteuer.
Das Filmbuch erzählt die ersten 5 Episoden der Serie und ist mit vierfarbigen Filmfotos angereichert.

10428

cbj

www.cbj-verlag.de

Bettina Börgerding/Wenka von Mikulicz

Bibi & Tina

Fanbuch

80 Seiten, ISBN 978-3-570-17741-9

Das ultimative Fanbuch zur neuen Serie!

Ein Muss für alle »Bibi & Tina«-Freunde und neu hinzugekommenen Fans der neuen Realfilm-Serie! In diesem vierfarbigen Fanbuch findet sich alles über die neue Realfilm-Serie mit den beliebten Charakteren: tolle, großformatige Fotos der schönsten Filmszenen, Steckbriefe der Darsteller, Interviews, spannende Hintergrundinfos zu den Dreharbeiten, dem Set und den Pferden, ein Persönlichkeitstest und vieles mehr!

10430

cbj

www.cbj-verlag.de